Tucholsky
Wagner
Zola
Scott
Sydow
Fonatne
Freud
Schlegel
Turgenev
Wallace
Twain
Walther von der Vogelweide
Fouqué
Friedrich II. von Preußen
Weber
Freiligrath
Frey
Kant
Ernst
Fechner
Fichte
Weiße Rose
von Fallersleben
Richthofen
Frommel
Hölderlin
Engels
Fielding
Eichendorff
Tacitus
Dumas
Fehrs
Faber
Flaubert
Eliasberg
Ebner Eschenbach
Feuerbach
Maximilian I. von Habsburg
Fock
Eliot
Zweig
Ewald
Vergil
Goethe
Elisabeth von Österreich
London
Mendelssohn
Balzac
Shakespeare
Dostojewski
Ganghofer
Lichtenberg
Rathenau
Doyle
Gjellerup
Trackl
Stevenson
Hambruch
Mommsen
Tolstoi
Lenz
Hanrieder
Droste-Hülshoff
Thoma
Dach
Verne
von Arnim
Hägele
Hauff
Humboldt
Karrillon
Reuter
Rousseau
Hagen
Hauptmann
Gautier
Garschin
Defoe
Hebbel
Baudelaire
Damaschke
Descartes
Hegel
Kussmaul
Herder
Wolfram von Eschenbach
Dickens
Schopenhauer
Bronner
Darwin
Melville
Grimm
Jerome
Rilke
George
Campe
Horváth
Aristoteles
Bebel
Proust
Bismarck
Vigny
Barlach
Voltaire
Federer
Herodot
Gengenbach
Heine
Storm
Casanova
Tersteegen
Gilm
Grillparzer
Georgy
Chamberlain
Lessing
Langbein
Gryphius
Brentano
Lafontaine
Strachwitz
Claudius
Schiller
Kralik
Iffland
Sokrates
Bellamy
Schilling
Katharina II. von Rußland
Gerstäcker
Raabe
Gibbon
Tschechow
Löns
Hesse
Hoffmann
Gogol
Wilde
Gleim
Vulpius
Luther
Heym
Hofmannsthal
Klee
Hölty
Morgenstern
Goedicke
Roth
Heyse
Klopstock
Kleist
Luxemburg
Puschkin
Homer
Mörike
Musil
La Roche
Horaz
Machiavelli
Kierkegaard
Kraft
Kraus
Navarra
Aurel
Musset
Lamprecht
Kind
Kirchhoff
Hugo
Moltke
Nestroy
Marie de France
Laotse
Ipsen
Liebknecht
Nietzsche
Nansen
Ringelnatz
Marx
Lassalle
Gorki
Klett
von Ossietzky
May
Leibniz
vom Stein
Lawrence
Irving
Petalozzi
Knigge
Platon
Pückler
Michelangelo
Kafka
Sachs
Poe
Kock
Liebermann
de Sade
Praetorius
Mistral
Zetkin
Korolenko

Der Verlag tredition aus Hamburg veröffentlicht in der Reihe **TREDITION CLASSICS** Werke aus mehr als zwei Jahrtausenden. Diese waren zu einem Großteil vergriffen oder nur noch antiquarisch erhältlich.

Symbolfigur für **TREDITION CLASSICS** ist Johannes Gutenberg (1400 — 1468), der Erfinder des Buchdrucks mit Metalllettern und der Druckerpresse.

Mit der Buchreihe **TREDITION CLASSICS** verfolgt tredition das Ziel, tausende Klassiker der Weltliteratur verschiedener Sprachen wieder als gedruckte Bücher aufzulegen – und das weltweit!

Die Buchreihe dient zur Bewahrung der Literatur und Förderung der Kultur. Sie trägt so dazu bei, dass viele tausend Werke nicht in Vergessenheit geraten.

Rumänische Mädchen

Hugo Marti

Impressum

Autor: Hugo Marti
Umschlagkonzept: toepferschumann, Berlin

Verlag: tredition GmbH, Hamburg
ISBN: 978-3-8424-0933-0
Printed in Germany

HUGO MARTI

RUMÄNISCHE MÄDCHEN

ZWEI NOVELLEN

VERLAG A. FRANCKE A.-G.
BERN 1928

Jelena

I.

Bevor Vasile, der die Pferde vor den Wagen gespannt und im schmalen Schatten des Stalls eingeschirrt hatte, den engen blauen Rock mit den glänzenden Knöpfen vom Haken nahm, lief er über den Hof hinaus auf die staubige Straße und hinüber zu den Hütten des Dorfs, die geduckt und bleich im prallen Licht des Nachmittags lagen. Ueber den gelben Feldern flirrte die Luft; der Himmel war hell wie schmelzendes Blei. Kinder spielten halbnackt im grauen Gras an der Böschung des Wegs; ihr Geschrei war der einzige Laut im Dorf.

Vasile stieß die Holzpforte auf, trat in die Lehmhütte und durchspähte ihre Dunkelheit. «Jelena», rief er; dann, als ihm keine Antwort wurde, noch einmal lauter: «Jelena!»

Er stapfte in die Sonne zurück, schlich um das Haus. Im spärlichen Schatten an der Mauer hockte die Alte, hob ihr blindes Gesicht seinem klatschenden Schritt entgegen und murmelte: «Jelena ist am Fluß. Am Wasser ist Jelena. Mich dürstet.»

«Mütterchen, sag ihr: ich fahr den jungen Herrn in die Stadt; weiß nicht, wann ich zurückkehr, ob heut abend, morgen früh. Plötzlich ließ er mich vom Feld holen, will in die Stadt. Weiß Gott, was er jetzt dort zu schaffen hat.»

«Weiß Gott, weiß Gott», stammelte die Alte aus zahnlosem Mund. «Ich sag ihrs schon, wills Jelena schon sagen: Vasile führt den jungen Herrn zur Stadt, kommt nicht heute nacht, wenns kühl wird. Weine, Kindchen; wirst wieder lachen.»

Sie kicherte mit verzerrten Lippen hinter Vasile her, der schon um die Ecke verschwunden war, hob ihren kahlen Kopf und starrte aus blinden Augen in das sengende Licht.

Vasile knöpfte den blauen Rock über dem weißen Hemdkittel zu. Er keuchte, zerrte an den Aermeln und am Kragen, stöhnte und ließ die Zunge heraushangen. «Weiß Gott, was er jetzt in der Stadt zu schaffen hat. Treibt Mann und Weib auf die Felder, befiehlt und brüllt, daß dem Verwalter die Ohren rot werden, reitet von Maschine zu Maschine, keine Stunde ist man sicher vor ihm, und dann – hai, Vasile, fahr mich zur Stadt!»

Er stülpte die Mütze auf den Kopf und schwang sich auf den Wagen. Im Trab fuhr er durch den Hof, dann zwischen den breitästigen Bäumen auf den hellen Platz vor das niedere Haus. Die Räder knirschten im Kies, standen hart an den Stufen der Treppe still. «Vasile», rief eine Stimme aus dem Haus. «Ja, Herr», brüllte er und sprang vom Bock.

Im Flur schlug ihm die kühle Luft so jäh ins Gesicht, daß er fast taumelte. Der junge Herr wies auf einen Koffer, der glänzend am Boden stand. «Trag ihn hinaus in den Wagen», befahl er. Vasile bückte sich, stöhnte im engen Rock, der in den Schulternähten krachte, schnellte wieder empor und reckte die Arme. «Das will ein Diener sein, ein Herrschaftsdiener», höhnte Herr Gheorghe, «und kann nicht einmal das Kleid tragen! Zieh den Rock aus.»Vasile sah ihn ängstlich an. «Zieh ihn aus, rasch, leg ihn dort in die Ecke. Hol ihn heut abend, wenn du zurückkommst.»Vasile tat, wie ihm befohlen wurde. Dann hob er leichten Schwungs den blanken Koffer auf die Schulter und trug ihn hinaus. Hell und geschmeidig stand seine bäurische Gestalt im flimmernden Licht bei den Pferden. Er lachte dem jungen Herrn zu, der rasch in den Wagen sprang.

Als sie auf der Landstraße fuhren, schlug Gheorghe ein Bein übers andere, zupfte die Falten seiner weißen Flanellhose zurecht und schob den Strohhut in den Nacken zurück. Sein bräunliches Gesicht mit den weichen, noch knabenhaft verwischten Zügen zog sich nachdenklich zusammen; er spitzte die Lippen, trotzig wie ein Kind, und runzelte die Brauen. «Vasile, hör zu».

Der junge Bauer drehte den Oberkörper halb zurück und versuchte gleichzeitig die Pferde zu zügeln; er neigte seinen Kopf auf die Schulter, um zu hören, aber seine Augen sahen über die Ohren der Pferde hinweg auf die Straße, die mit ihren staubverwehten Löchern und Geleisespuren langsam durch die Stoppeläcker zum Fluß niedersank; man durfte ihre leisesten Krümmungen nicht aus dem Blick lassen, sollten die Rosse nicht aufs flache Feld ausbrechen und den Wagen in die sandige Krume reißen, in der die Räder schwer versacken würden.

«Weißt du, Vasile, warum ich nun plötzlich in die Stadt fahre?», schrie Gheorghe, und seine Stimme kreischte jugendlich hell durch das Rütteln der Räder und das Geächze der Federung. «Nein, wie solltest du es auch wissen können! Meine Mutter will mich verloben. Begreifst du das? He, du!» Er stieß ihm die Faust in die Rippen, der Kutscher riß die Arme an den Leib, die Pferde stiegen wild in den Zügeln. «Fahr zu, fahr nur zu, laß die Satansgäule laufen, es nützt alles nichts. Die Braut wartet, das ist abgemacht, ob ich heute oder morgen anrücke. Das hat sich unsere alte Dame so in den Kopf gesetzt, dagegen ist nichts auszurichten. Bist du verlobt, Vasile? Ach, bei euch kennt man das wohl gar nicht, oder? Wie? Sprich, Vasile. Hörst du, ich befehle dir zu sprechen.»

Der Bauer blickte über die Achsel zurück, er lachte aus dem derben Gesicht. «Verlobt, doch, gewiß, das sind wir auch bei uns. Aber nicht so eigentlich. Man hat sich gern, man heiratet einander.»

«Ja, das ist einfacher», sagte Herr Gheorghe. Sein Gesicht schien nachdenklich; dann, als schäme er sich dieser unangebrachten Nachdenklichkeit, als wolle er das bubenhafte Staunen, das er immer wieder von Zeit zu Zeit in sich spürte und über dem er bisweilen vor Aerger erröten konnte, als wolle er es züchtigen und vor sich selber lächerlich machen, stieß er geringschätzig hervor: «Aber bei euch hat das ja keine Bedeutung. Ihr habt euch gern, ihr heiratet einander, kein Hahn kräht darnach. Bei uns ist es der Name, die Familie, die Güter, die Zukunft, lauter Pflichten, siehst du, Vasile. Nein, das ist nicht so einfach, wie du dirs denkst. Fürs andere bleibt Platz und Zeit genug. Wer wird zwei Dinge miteinander verwechseln, die sich nichts angehen?»

Vasile hielt die Pferde zurück. Die Straße stürzte vor dem Gefährt steil zum Flußbett hinab. Die Furt war bis weit hinaus trocken, das Wasser strudelte träg durch das grauweiße Geröll.

Dort stand Jelena. Ihre nackten braunen Füße klebten auf der glatten Fläche eines Steins, die Zehen griffen um die Kanten wie Finger. Ueber den Schultern lag schwer das Tragholz, von den Eimern tropfte das Wasser, ihre Hände hielten die Henkel dort, wo das geflochtene Seil um sie geknüpft war.

Vasile hob leicht die Peitsche nach ihr hin; er hatte Lust zu rufen, unterließ es aber. Vorsichtig lenkte er den Wagen in die Furt; die

Räder ächzten im Geröll, sanken tief in den Sand, hüpften bald rechts, bald links hochauf; die Pferde schnoben dem Wasser zu. Jetzt waren sie an Jelena herangekommen, das Handpferd stieß mit dem Maul nach einem ihrer vollen Eimer, sie riß ihn aufkreischend zurück, er rann schwankend über, sie glitt vom Stein herab in den heißen Sand, strauchelte, sank ins Knie. Die Eimer klirrten dumpf ins Geröll und vergossen sich. Vasile brachte die Pferde mit heftigem Ruck zum Stehen.

Mit scheuem Blick auf den jungen Herrn lächelte Jelena zum Bauer empor. «Jetzt laß mich zuerst die Eimer wieder füllen», sagte sie, «bevor dein Wagen das Wasser verdreckt.»

«Geh hilf ihr», befahl Herr Gheorghe; er liebte zu befehlen, wo niemand es erwartete.

Unschlüssig drehte sich Vasile auf dem Sitz herum. «Die Pferde, Herr –», sagte er zögernd.

«Bleib nur», rief Gheorghe und sprang aus dem Wagen. Mit seinen makellosen Flanellhosen und in spitzen dünnen Schuhen tänzelte er vorsichtig zwischen den ungefügen und gleitenden Steinen, hielt sich mit ausgestreckten Armen im Gleichgewicht und erhaschte mit einer Hand den Strohhut, der ihm zu entstürzen drohte. Jelena blickte ihm laut auflachend entgegen, ihre Zähne glänzten breit aus dem dunkeln Gesicht, sie schob das helle Kopftuch überwältigt von soviel Lustigkeit aus der Stirn zurück, daß ihr schwarzes Haar weich und dicht hervorquoll. Dann aber, als sie den Ernst auf seinen trotzigen Zügen ärgerlich werden sah, schlug sie sich mit der flachen Hand auf den Mund und fuhr verwirrt aus dem Sand empor. Sie raffte die Eimer und das Tragholz zusammen, doch schon hatte er es ergriffen und vornübergebeugt, wie er dastand, sank er, von ihrem raschen Zupacken gänzlich aus dem Gleichgewicht gerissen, stolpernd in ihren Arm. Sie war erschrocken und wagte es kaum, ihn sanft wieder aufzurichten. Dunkel glühenden Gesichtes stand er nahe vor ihr, seine Augen glommen zornig, sie spürte seinen Atem an ihrem Hals. «Wie heißt du?», fragte er streng, als wäre er dazu in das Geröll herausgetappt.

«Jelena, Herr», sagte sie leise und sank leicht in die Knie, wie sie es gewohnt war, wenn der Wagen der Herrschaft durchs Dorf fuhr.

«Gib die Eimer her, ich will sie füllen», sagte er barsch, doch seine Lippen lächelten schon. «Umsonst hast du mich nicht hier herausgelockt.»

«Ach nein, Herr, das sollst du nicht tun.» Ihre Augen waren nun wirklich voll Angst. «Das ist keine Arbeit für dich. Man muß wissen, wo das Wasser rein fließt und wo man es schöpfen kann. Deine Schuhe leiden Schaden auf den glatten Steinen, meine Füße sind den Weg gewohnt.»

Er blickte auf ihre Füße; sie waren voll kleiner Schrunden von den Steinen der Landstraße und von den scharfen Gräsern am Wegrand und von den Brombeerranken am Flußbord. Aber sie waren breit vorne bei den frei spielenden Zehen und hoch über dem Rist, und vom schmalen Knöchel stieg das Bein kräftig zum straffen Knie empor. Sand glänzte silbern auf der bräunlichen Haut. Mit verlegener Hand wischte ihn Jelena weg. Während sie sich bückte, überkam sie von neuem das Lachen; ihr grobes weißes Hemd zitterte über der hüpfenden Schulter.

«Sei nicht böse, Herr», flehte sie aus blanken Augen. «Es ist nicht so leicht, hier draußen zu gehen. Fast wärst du gefallen.»

«Aber da ich nun hier bin, soll ich unverrichteter Dinge wieder zurückgehn? Das – macht sich doch noch lächerlicher. Doch was, lächerlich! Wenn du nicht willst –».

«Ich will ja, Herr. Wenn du es befiehlst.»

«Befehlen? Wieso befehlen? Sonderbares Pack. Tust du, was ich befehle?»

Sie senkte den Kopf einwenig. «Ja, Herr.»

Sein Blick glitt über ihre runden Wangen, die dunkel und weich wie reife Trauben schimmerten. Er faßte ihr Handgelenk, es war kühl und hart. Seine Finger lagen an ihrer Hüfte, die sich leise unter dem groben Rock rührte. «Fahr mit mir zur Stadt!», zischte er aus unbewegten Lippen hervor.

Sie sah ihn groß an. Sie blickte rasch nach dem Wagen hin: dort saß Vasile, lehnte weit über seinen Sitz heraus, lauschte und verstand nichts. Sie rief verwirrt: «Vasile –.»

«Nun, du tust doch nicht, was ich befehle», sagte Gheorghe heftig und stieß ihren Arm zurück.«Dummes Ding, verstehst du nicht, ich lade dich zu einer Spazierfahrt in die Stadt ein. Am Abend fährst du mit Vasile wieder nachhaus.»

«Mit Vasile?», rief sie froh.

Gheorghe wandte sich im Gehen nochmals um. Er sah ihren aufleuchtenden Blick, ihren offenen Mund, die rasche Bewegung ihres Armes.

«Verbirg die Eimer zwischen den Steinen», befahl er hastig, «dann findet ihr sie wieder auf dem Heimweg. So sehr eilt es wohl nicht mit dem Wasser.»

Vasile rief vom Kutschbock herab: «Was sollte eilen? Die Großmutter kennt keine Zeit. Früh genug ists am Abend für sie. Mag sie schlafen, wenn sie Durst hat. Komm, Jelena, fahr mit uns!»

Rasch verbarg das Mädchen Eimer und Tragholz im Geröll und sprang sicher wie ein Tier von Stein zu Stein; früher als Gheorghe war sie beim Wagen und blickte unschlüssig zum Bauer hinauf. «Einsteigen», sagte der junge Herr, «hier bei mir, wenns beliebt». Er warf sich neben ihr auf den Rücksitz, schlug sich mit beiden Händen auf die Schenkel und lachte: «So, nun will ich der alten Dame einen Schreck einjagen mit meiner neuen Braut! Fahr zu, Vasile, du sollst dabei nicht zu kurz kommen. Verstehst du, Vasile?» Er stieß ihm die Faust in die Rippen.

Der junge Bauer drehte sich grinsend um. «Jawohl, Herr, nicht zu kurz kommen, ich habs verstanden.» Er trieb die Pferde in die Furt, das Wasser spritzte hochauf und netzte den Gäulen den Bauch, Jelena riß ihre nackten Beine an sich und kreischte laut. «Lustig ist das!», rief sie und blickte von der Seite her auf den jungen Herrn, der mit dem Finger zwei Tropfen von seiner Flanellhose wegschnellte.

«Lustig, sagst du, Jelena? Ach, wenn du wüßtest –.» Er legte übermütig den Arm um ihre runden Schultern, aber sein Gesicht war plötzlich von knabenhafter Angst erfüllt, die Augen blickten starr unter den geraden Brauen, das Kinn schob sich verzerrt nach vorn. Jelena sah ihn scheu von unten herauf an; sie wand sich leise in seinem Arm hin und her, bis sie erschreckend spürte, wie sein

Griff hart und härter wurde, wie die Muskeln an seinem Oberarm zitterten, wie er sie an sich preßte, mit starrem Gesicht, mit angstvollen Knabenaugen. Sie wollte rufen, wagte es nicht; sie wollte aus dem Wagen springen, in den Staub der Straße, unter das Rad, sie war wie gelähmt. Da schmiegte sie sich, halb aus List, halb aus Mitleid, willig eng an ihn, legte ihren Kopf auf seine Schulter und blinzelte aus zusammengekniffenen Augen vorsichtig zu ihm auf. Ihr Kopftuch war in den Nacken gerutscht, ihr Haar kitzelte ihn am Ohr, es roch nach Blättern, auf denen sie gelegen, und nach Sonne, Luft und Erde. Als seine Hand schlaff von ihrer Schulter herabfiel, ergriff sie sie, führte sie langsam über ihre Brust zu ihrem Mund empor und biß ihn rasch und fauchend in den Zeigfinger. Er stöhnte auf, er fluchte, aber sein leiser Schrei ging im Knarren des Zaumzeugs und im Rollen der Räder unter; Vasile hörte nichts.

II.

«Fahr die Seitenstraße hinauf zum Haus», befahl Herr Gheorghe dem Kutscher, als sie an den ersten gelb und roten Vorstadtvillen vorbei und von der staubigen Landstraße plötzlich auf das bucklige Kopfsteinpflaster gerattert waren. Er richtete sich im Wagen auf, zog den Strohhut in die Stirn, knöpfte sich den Rock zu und strich glättend an den Falten der Flanellhose hinab. «Du fährst an meinem Haus vor, hörst du, an meinem! Ich bewohne jetzt den südlichen Flügel, wenn du es noch nicht wissen solltest.» Er blickte rasch auf Jelena, die sich seitlich zum Wagen hinauslehnte und neugierig die Straße musterte, die kleinen Häuser in den staubigen, spätsommerlichen Gärten, die Eisengitter auf Zementsockeln mit vergoldeten Spitzen, die farbigen Kugeln im dürren Rasen, die Menschen, die spärlich herumstanden. «Nimm dich doch zusammen», zischte er ärgerlich. Als sie ihn fragend ansah, bat er leise: «Setz dich zurück in den Wagen. Es braucht dich doch nicht jedermann zu sehen. Du kannst das alles später anschauen, morgen, wenn du willst.» Sie gehorchte. Sie streifte das Tuch über die Haare, knotete es fest im Nacken, zog das Hemd mit den grellen Stickereien am Hals zusammen und preßte den Rock, der seitlich über dem Knie klaffte, eng an die Schenkel. Die Hände legte sie in den Schoß, offen nebeneinander; nach einer Weile kam ihr auch dies unschicklich vor, und sie setzte sich darauf. Dann blickte sie Gheorghe wieder ängstlich an.

Er schien in trübes Nachdenken versunken. Er starrte auf Vasiles Rücken, der breit vor ihm aufragte, und seine Lippen waren hart aufeinander gepreßt. Er saß steif, ein wenig vornübergeneigt in seiner Ecke, möglichst weit von dem Mädchen entfernt.

Als sie an der lehmbraunen Wand des zweistöckigen Hauses vorfuhren, das er einen Flügel nannte – die Einfahrt in den Hof war vorn an der Hauptstraße, unter einem rostzerfressenen Eisenportal – sprang er rasch aus dem Wagen, trat zur schmalen Holztür, stieß sie auf und streckte den Kopf in den dämmerdunklen engen Flur. Er wandte sich zum Wagen zurück, rief dem Mädchen zu: «Komm, Jelena – so beeil dich doch!» und dann dem Kutscher: «Fahr in den Stall, ja, in den hintern Hof natürlich, und warte dort auf meinen Bescheid.» Als Vasile ihn stumpfsinnig anstarrte, ihn und die Tür, die er rasch hinter Jelena zugezogen hatte, rief er heftig: «Wirds bald, Dummkopf? Muß man dirs zweimal sagen? Warten sollst du im Stall; vielleicht fahr ich heut abend wieder hinaus. Den Koffer lad ab.» Dann trat auch er ins Haus.

Im Flur stand Jelena, unten an der schmalen Holztreppe, die kaum sichtbar ins ungewisse Licht des obern Stockes hinaufklomm. Es roch nach lauem Kohl und altem Staub. «Geh hinauf, hier ist die Treppe», flüsterte er. Sie rührte sich nicht. Als er nach ihrem Arm griff, fühlte er, daß sie zitterte. «Sei nicht dumm, Jelena. Hast du Angst? Komm, ich führe dich.» Er ging vor ihr die knarrende Treppe hinauf, sie folgte lautlos auf ihren nackten Sohlen. Ihre Hand lag heiß in seiner und klammerte sich fest an ihn; er mußte sie mit Gewalt emporziehen. «Wohin bringst du mich?», kicherte sie voll Angst. «Wohin denn wohl?», flüsterte er und versuchte zu lachen. «Ich bin doch hier daheim.»

Der obere Stock, wohnlicher als der Küchentrakt und die Dienerräume des Erdgeschosses, war durch einen Gang mit den Gemächern des Vorderhauses verbunden. Aber die Fenster zur Nebenstraße hin waren verstaubt, das Licht fiel grau auf die kahlen Wände und die lange Flucht der Zimmertüren. Gheorghe stieß eine davon auf und zog Jelena, die an der Schwelle zauderte, rasch herein.

«Hier sind meine Räume», sagte er und breitete die Arme aus, «also dies ist einer, und hier und hier sind noch andere. Da wohne ich, schlafe und arbeite, du siehst die Bücher an der Wand? Das ist mein Schreibtisch. Die Bilder, die da hangen, lauter Bekannte von mir, zum Teil aus Zeitschriften ausgeschnitten, zum Teil geschenkt. Siehst du, mit Unterschriften sogar. Dieses hier ist die berühmteste Sängerin von Bukarest, ja sie sang letzten Winter auch hier in unserer Stadt, es war ein Ereignis, erinnerst du dich? Aber was tust du denn dort am Fenster?»

Jelena drehte sich mit strahlendem Gesicht nach Gheorghe um und sagte, die Hand am Fensterriegel: «Truthühner!»

Er starrte sie an, begriff, schalt unwillig: «Natürlich haben wir Truthühner im Hof. Ist das alles, was du hier bemerkst?»

Ihre Augen füllten sich mit Tränen. Sie stammelte: «Eben fuhr Vasile mit den Pferden in den Stall.»

Gheorghe trat einen Schritt auf sie zu. Sie stand im Fensterlicht, ihr helles Hemd schimmerte, es hatte einen Glanz wie ein reifes Kornfeld, das Gesicht blieb dunkel, nur die Augen leuchteten und der Mund, offen und rot.

«Was solls mit Vasile? Bist du hier wegen Vasile? Hat Vasile dich hiehergebracht?» Er ergriff sie heftig an den Handgelenken. «Du bist bei mir, Jelena, und sollst hier bleiben. Verstehst du, ich will, du sollst hier bleiben. Sag ja, sag, daß du mich verstanden hast.»

Sie beugte leicht das Knie. «Der Herr befiehlt.» Sie lächelte ein wenig: «Der junge Herr befiehlt.»

Er küßte ihr das Lächeln vom Mund. «Nenn mich nicht so!» Nach einer Weile, die voll war von der Stille des alten Hauses und vom Pochen seines Blutes, flüsterte er: «Du bist schön, Jelena.»

Sie kreuzte ihre Hände auf der Brust und sah ihn groß an: «Ich weiß nicht, wozu du mich hieher gebracht hast. Ich weiß nicht, warum ich hier bleibe. Ich weiß nicht, ob es recht ist, daß du so zu mir sprichst. Ich weiß nur, daß man mich morgen fortjagen wird.»

«Was sagst du: fortjagen?», fuhr er auf. «Bist du von Sinnen? Wer wagt es, dich fortzujagen, wenn ich dich hier behalten will? Wer ist der Herr hier im Hause?»

Jelena sagte rasch: «Der Herr hier – wer hat denn dich hieherbefohlen, zu deiner Verlobung, wie du erzählt hast? Und glaubst du, daß du mich behalten willst?» Sie schüttelte langsam den Kopf. «Laß mich jetzt gehen, laß mich mit Vasile hinausfahren, ins Dorf wo ich daheim bin. Es wird jetzt bald Abend, die Leute kommen von den Feldern heim ins Dorf, sie werden fragen: wo bleibt Jelena? Keiner wird es wissen, die alte Großmutter wird sie an den Fluß schicken, um nach mir zu suchen. Und Vasile wird es ihnen nicht sagen dürfen.»

«Was er sagen darf und nicht sagen darf, das ist meine Sache», brauste Gheorghe auf. «Ich werde ihn heimschicken; mag er sagen, was er will. Was geht mich der Dummkopf an und das Gerede der Leute im Dorf? Wem gehört das Dorf, wem die Arbeit auf dem Feld, wem gehörst du?»

Sie senkte den Kopf. Er trat zu ihr und legte ihr beide Hände um Kinn und Wangen. «Kannst du es nicht glauben, daß ich dich liebe, Jelena?»

Sie schüttelte wieder den Kopf. «Nein», sagte sie hart, «denn ich glaube nicht, daß ich dich lieben kann. Und dann ist es doch nur etwas anderes, weshalb du mich hier behalten willst. O Gott», stöhnte sie auf, «warum hörte ich auf deine Worte, drunten im Fluß? Es war ein Spaß von dir, du wolltest mir eine Freude machen. Du wolltest dir selber ein Vergnügen bereiten, du hieltest mich zum Narren. Ich muß es büßen, daß ich übermütig war und dir gehorchte.»

«Es war ein Spaß», sagte er mit heiserer Stimme. «Aber jetzt ist es mein Ernst. Ich will nicht, will nicht tun, was man von mir verlangt. Ich will mich nicht verloben, ich will der Mutter die Stirn bieten, ich will zu ihr gehen und ihr sagen, jetzt, sofort –.»

«Geh nicht», wimmerte sie. «Laß mich zuerst das Haus verlassen. Ich fürchte mich.»

Er riß sie an sich. Er atmete den Geruch ihres bäuerlichen Leibes, diesen Geruch von Erde und Schweiß, der auf ihrer Haut lag, auf ihrem steilen Hals, in der Wölbung ihrer flehend erhobenen Arme. Er erinnerte ihn, selbst im Taumel seines aufgejagten Blutes, an ein Geschehnis, an – an einen Tag – an einen Menschen – wen? Und während er sein Gesicht gegen ihr Kinn preßte, mit seinen Händen am derben Stoff ihres Hemdes zerrte, ihre Schultern umklammerte, ihren zuckenden Körper hielt, hielt und hielt, bis er stille war – wußte er: damals, als er Vasile großartig ausgezankt hatte, ihm vorgeworfen, er wisse sich nicht als Herrschaftskutscher zu benehmen, er sei ein Schmutzfink, er wasche sich wohl nie, er rieche nach Erde und Schweiß. Er war tüchtig dreingefahren, damals, und Vasile hatte sehr zerknirscht ausgesehen. Jetzt streiften seine Hände irr das Tuch von Jelenas Haaren, und er trank mit brennenden Lippen und gierigen Nüstern den Geruch ihres Mädchenleibes, ihres bäurischen Leibes, der schwer und haltlos an ihm herabgesunken war, den gleichen Geruch: Erde, Sonne, Schweiß.

Er fuhr vom Boden auf, wohin sie ihn stürzend mitgerissen hatte. Seine Glieder schmerzten, sie waren wie verbogen, gebrochen. Vor seinen Augen flackerte das grelle Licht, das noch immer zum Fenster hereinströmte, obwohl die Sonne hinter Baumwipfel hinabgesunken war. Er schwankte zur Tür; mit dem Rücken an sie gelehnt, sprach er in die wirbelnde Lichtflut hinein: «Ich gehe jetzt. Ich gehe zur Mutter, sie soll wissen, daß ich nicht will, wie sie will. Daß alles umsonst ist, weil ich dich liebe, Jelena.» Er öffnete die Tür, er trat rückwärts hinaus. Er sah noch, wie das Mädchen ihm, auf einen Arm gestützt und sich langsam aufrichtend, aus stumpfen Augen nachblickte. Er stieß die Tür ins Schloß und ging langsam, mit ausgestrecktem Arm die Wand ertastend, den Gang hinauf.

III.

Im Treppenhaus, dort wo in einem Winkel die geschnitzte Holztruhe stand, geheimnisvoller Bezirk seiner frühesten Kinderspiele, wenn die Kinderfrau ihn auf Viertelstunden sich selber und seinen Träumen überlassen hatte, um in der Küche oder im Plättezimmer oder draußen im Hof zu plaudern; denn die Mutter hatte ihn nicht bei sich im Zimmer geduldet, sie war immer beschäftigt gewesen, womit wußte niemand, aber sie hatte ja seit dem frühen Tod ihres Mannes die Güter selber verwaltet, die sie übrigens zum weitaus größten Teil in die Ehe gebracht hatte, und jede Woche kamen die Aufseher selbst von den entferntesten in die Stadt, um Rechenschaft abzulegen und Weisungen entgegenzunehmen, und sie wußte so zu fragen, daß nichts ihrer Kenntnis entging und daß sie von ihrem scheinbar trägen Zimmerdasein aus dennoch den genauen Ueberblick über alles, Felder und Ställe, Weiden und Wälder, ja über die Dorfbewohner, die in ihrem Dienste standen, nicht verlor – im Treppenhaus bei der Truhe in der dunklen Ecke stand plötzlich die alte Anika vor ihm, wie aus dem Dämmer herausgelöst, wie ein Stück Dämmer aus seiner frühen Jugend in einem Hauswinkel hangen geblieben. Sie hatte sich seit vielen Jahren schon an städtische Kleidung gewöhnt, denn seitdem die Herrin, die sie auch schon als Kind gepflegt und gewartet hatte, hier im Hause befahl, trug sie ihre abgelegten Gewänder in leicht verändertem Schnitt und ohne die Zutaten der Mode; das Kopftuch allerdings, wie sie es als Mädchen vom Dorf mit in die Stadt gebracht, hatte sie nicht aufgegeben; war es einmal hell und farbig gewesen, so lag es nun dunkelschwarz ums schüttere Haar und die eingetrockneten Wangen, und ihre wächsernen Finger zupften daran herum, wie die braunen Hände es in der Jugend getan hatten, vor mehr als einem Menschenalter, vor mehr als einem langen Menschenleben.

«Ghitza», sagte sie mit ihrer sanften, nun müde gewordenen Stimme, «Ghitza, deine Mutter erwartet dich.» Sie nannte den jungen Herrn noch immer so, wie sie ihn kosend als kleines Kind genannt hatte, wenn er schrie und strampelte; und ihn befiel, sobald er ihre gute Stimme hörte, eine seltsam törichte Lust, gemischt aus Schlafbereitschaft, Geborgenheit und Märchenzauber.

Er erschrak dennoch beinahe, als jetzt ihr Anruf ihn traf. Zuerst schien es, als wolle er an ihr vorbeieilen, und schon hatte er einige Stufen übersprungen; dann aber hemmte er plötzlich seinen Schritt, drehte sich um und trat nahe zur alten Kinderfrau. «Anika, sei gut zu mir», flüsterte er, und sein Kopf lag fast wie einst auf ihrer Schulter, denn sie hörte nicht mehr wohl, «Anika, bring ein wenig Essen auf mein Zimmer, willst du?»

Die Dienerin hob die knochige Hand zum Kopftuch und zupfte aufgeregt daran. «Gott, gütiger Herr! Hast du nichts gegessen, bist du hungrig, Kindchen?», jammerte sie.

Er schloß ihr mit der Hand den zahnlosen Mund. «Still, still, Mütterchen! Tu wie ich dich bitte. Frag nicht. Aber bring das Essen selber hinauf, hörst du?»

Sie nickte. «Gewiß bring ich meinem Kindchen das Essen selber hinauf ins Zimmer, wie einst, wie einst. Gleich will ichs holen, zwei Eier, Brot und kaltes Fleisch. Du geh jetzt zur Mutter, sie hat schon lang nach dir gefragt, nachdem sie Vasile hat in den Hof fahren hören. Ich spring in die Küche, gleich, gleich.» Und auf zitternden Füßen hastete sie die Treppe hinab.

Eine Weile stand Gheorghe vor der Türe still, die aus dem großen, stets kühlen Flur in das Zimmer der Herrin führte. Er war auf den Zehenspitzen über die Steinfließen geschlichen, er legte leise die Hand auf die Messingklinke, er lauschte. Was er hörte, waren die Schläge seines Herzens. Die Mutter saß wohl an ihrem Tischchen beim Fenster, wo sie immer saß. Sie legte wohl die endlosen Reihen zierlicher Spielkarten vor sich hin, die sie immer hinlegte, zusammenschob und wieder ausbreitete. Es war wohl, wie es immer war. Als wollte er sich Mut zusprechen, stellte er sich ihr gewohntes Bild vor: ihr rundliches Gesicht, ihren trägen Körper, die spärlichen Bewegungen ihrer Hände. Aber er wurde nicht mutiger darüber; alles schien ihm mit einemmal hoffnungslos, unmöglich. Vor ihrer zähen Unverrückbarkeit wurde sein gieriger Lebenswille feige, noch ehe er sich mit ihr gemessen hatte, und er flüsterte sich selber zu: Es ist ja noch gar nichts geschehen. Darauf trat er ins Zimmer.

«Da bist du ja, mein Junge», sagte sie mit ihrer weichen Stimme. Er griff rasch nach ihrer rundlich fetten Hand und beugte seine Lippen darüber. «Wo bliebst du nur? Ich hörte Vasile schon lange einfahren. Hast du ihn ausspannen lassen?»

«Ich hab ihm gesagt, er solle ausspannen, Mama, da ich dachte, vielleicht fahr ich am Abend wieder zurück aufs Land. Es ist dort – ich könnte dort nützlicher sein als hier.»

«Setz dich», sagte sie. «Glaubst du, daß es mir gelingt, heute eine einzige Partie zu Ende zu bringen? Immer stockt mir das Spiel beim dritten Umgang. Wie weit seid ihr mit der Ernte?»

«Drunten beim Fluß ist alles eingebracht, Mama. Heute sind vier Maschinen auf den obern Feldern.»

Sie schob die Karten zusammen. «Recht so. Je früher wir verkaufen, umso besser. Der Markt wird unsicher, das Angebot ist zu groß.

Ich habe vorteilhafte Zusagen in der Hand.» Sie legte eine neue Reihe Karten auf.

«Wie klug du in den Geschäften bist, Mama», sagte er. Seine Stimme schmeichelte. Er hörte es selber und verstummte, betroffen und ärgerlich.

«Es ist jeder so klug, wie er kann», sagte sie, kaum lächelnd. «Und dafür bin ich doch da, die Sache so gut wie möglich zu machen, bis du sie selber verstehst – und noch besser machst.»

Er seufzte. «Ich fürchte, ich werde es nie verstehen. Ich habe wenig Sinn dafür. Deine Maßnahmen bleiben mir unverständlich. Du hast mich nie eingeweiht.» Sie schwieg. Ihr Schweigen reizte ihn, er senkte den Kopf und murmelte: «Du behandelst mich wie einen Jungen von fünfzehn Jahren. Du verfügst über mich, ohne mich zu fragen. Du läßt mich plötzlich vom Land hereinkommen – warum eigentlich?»

Er blickte rasch auf. Ihr Gesicht blieb unbeweglich. Unter den Augen hing das Fett in kleinen Säckchen, der Mund war ausdruckslos, das Kinn plump. Die glänzend schwarzen Haare türmten sich breit in einer schon längst aus der Mode gekommenen Frisur. Goldene Reifen mit verschnörkeltem Zierat baumelten an den Ohren, den dicken Hals umspannte eng ein schmuseliges Band.

«Was soll nun werden?», fragte er nochmals. Ungeduldige Wut saß ihm wie ein ekler trockener Auswurf in der Kehle; er wußte nicht, wen er in diesem Augenblick stärker haßte, die plumpe Frau dort, die seine Mutter war, oder sich selber. Und mit einemmal dachte er an Jelena, die oben in seinem Zimmer war; die alte Kinderfrau hatte sie nun wohl gefunden, hatte ihn verstanden und ihr das Essen gebracht – gelang es ihr, das Mädchen zum Zugreifen zu überreden? Ach, Anika war gut, war immer gut zu ihm gewesen, so lange er sich erinnern konnte; sie würde auch zu dem Mädchen gut sein und Jelena trösten, während er hier – er blieb in seinen Gedanken stecken, aber plötzlich fiel ihm eine Wendung ein: während er hier um sie litt und für sie kämpfte. Es schmerzte und tat so wohl, dies zu denken.

Ein drittes Mal fragte er:«Welches sind deine Pläne, Mama? Denn es ist wohl besser, ich lerne sie kennen, bevor ich dich vor irgendeine vollendete Tatsache stelle, die dir nicht paßt.»

Er glaubte, bestimmt und männlich gesprochen zu haben, und es schien ihm auch, als höbe die Frau im Plüschsessel erstaunt den Kopf und wende ihn ihm zu, nur kurz, er konnte es in der eigenen Erregung nicht richtig erkennen. Und was sie sagte, ließ ihn auch wieder daran zweifeln. Ihre Stimme war um keinen Hauch weniger weich als sonst, sie lag wie eine Oelschicht um die einzelnen Worte, man konnte sie nicht recht packen. «Ich habe vor vollendeten Tatsachen noch nie den Kopf verloren, mein Junge», sagte sie, «das weißt du übrigens. Sonst säßen wir jetzt wohl kaum hier und könnten in Ruhe und Sicherheit das Beste für deine Zukunft erwägen.»

Gleich gab er nach: «Ich weiß, wie geschickt du bist, Mama, viel geschickter als ich. Aber wenn es sich doch um mich handelt, willst du da nicht mir selber auch das Recht einräumen –»

«Hat es sich je um etwas anderes als um dich gehandelt?», fiel sie ihm ruhig, aber nachdrücklich in seine Rede. «Wofür bin ich all die Jahre hier an diesem langweiligen Fenster sitzen geblieben und habe mir Woche um Woche Bericht ablegen lassen, habe mich um den Getreidemarkt gekümmert, um die Holzbörse, um den Viehhandel? Warum bin ich nicht ins Bad gereist und nach Wien oder nach Paris, wie alle andern es tun? Für wen habe ich aufpassen gelernt, daß ich nicht übers Ohr gehauen werde? Draußen auf den Gütern sein, das konnte ich nicht, dazu taugte ich nicht; aber von hier aus die Herrschaft in den Händen behalten, sodaß kein Faden abriß, keine Garbe verloren ging, das konnte ich lernen und das habe ich gelernt. Es ist deshalb schon besser, daß nicht du mir jetzt in die Zügel zu fallen versuchst; ich könnte es vor mir selber nicht verantworten, sie dir in Unordnung zu übergeben. Ich müßte dich sonst bitten, deine Hände überhaupt davon zu lassen.»

Sie atmete etwas beschwerlich auf, als sie die lange Rede vollendet hatte. Ihr Gesicht hatte zwar die träge Unbeweglichkeit in keinem Zug und Muskel verändert, und ihre Hände hatten ohne Zögern oder Eile die Karten weitergelegt, Reihe um Reihe, und erst als sie jetzt, nach einer Weile des Schweigens, plötzlich sagte: «Schau, nun geht diese Partie wahrhaftig auf, wer hätte das geglaubt!», hörte Gheorghe eine Regung innerer Teilnahme in ihrer Stimme. Er sprang vom Stuhl auf und trat, als wolle er sich vor der einschläfernden Tonlosigkeit ihrer Rede sichern, in die dunklere Tiefe des Zimmers zurück.

«Deine Partien gehen immer auf, Mama, das weiß ich», sagte er erregt. «Damit rechnest du ja auch. Aber hier handelt es sich doch, offenbar, um mich, wenn ich deine Andeutungen und bisherigen Verfügungen richtig verstanden habe.»

«Du hast sie richtig verstanden», antwortete sie. «Es handelt sich um dich.»

«Aber fällt es dir denn nicht ein, mich zum mindesten über deine Pläne zu unterrichten, ehe du – so über mich zu verfügen beliebst?»

«Dazu rief ich dich in die Stadt», sagte sie ruhig. «Du wirst morgen Gelegenheit haben –»

«Ich weiß, Mama, wozu ich morgen Gelegenheit haben soll. Aber gerade das paßt mir nicht, ganz und gar nicht. Ich mag nicht einem Mädchen gegenübertreten, dem Gelegenheit gegeben wird, mich zu sehen und das weiß, daß mir die gleiche Gelegenheit geboten wird, es zu besichtigen. Das ist doch entwürdigend für beide Teile, das ist beschämend, ich empfinde es so.»

«Ich sehe nicht ein», sagte die Mutter und rückte ihr Halsband zurecht, das keineswegs vom Platz geglitten war, «ich sehe nicht ein – lassen wir das. Du wirst mit mir einen Besuch empfangen wie schon vielemale früher, das ist alles.»

«Aber wenn mich dieser Besuch nichts angeht?», brauste Gheorghe auf.

«Er geht dich an», gab sie vollkommen ruhig zurück.

«Ich will nicht, daß er mich etwas angeht», schrie Gheorghe. Mit beiden Fäusten schlug er hinter sich an die Wand; es klang dumpf. Sein Gesicht war bleich im Dämmerdunkel des tiefen Zimmers, sein Knabenmund zuckte, Tränen standen in seinen Augen, Tränen der Wut über seine eigene Feigheit.

«Schrei nicht, Gheorghe», kam ihre Stimme weich vom Fenster her.«Du weißt, ich kann es nicht ertragen, wenn geschrien wird. Auf dem Lande schreien sie. Hier im Hause wird nicht mehr geschrien, seitdem dein Vater gestorben ist – und seitdem du klein warst», fügte sie lächelnd hinzu.

«Das vergißt du immer, daß ich es nicht mehr bin», trotzte er.

«Nein, mein Junge, sonst würde ich nicht damit rechnen, daß du so handeln wirst, wie ein erwachsener Sohn zu handeln hat, im Einverständnis mit seiner Mutter.»

Jetzt trat Gheorghe nahe zum Kartentisch, er hielt seine Hände vor der Brust verschlungen, als trüge er sein Herz darin, und mit einer Stimme, über deren Fremdheit er selber erschrak, sagte er:«Wenn ich aber nicht mehr frei wäre, so zu handeln, wie meine Mutter es befiehlt?»

Die Frau am Fenster schob mit rascher Bewegung die Karten zusammen und lehnte sich im Stuhl zurück:«Es wird Abend. Geh und schick Vasile heim. Wir sprechen später weiter.»

Wie ein Schatten floh Gheorghe aus dem Zimmer.

Die Hände in den Taschen, den Kopf gesenkt, mit böser Stirn schritt er eine Weile später über den Hof. Er warf einen raschen, scheuen Blick zum Fenster seines Zimmers hinauf; aber die Scheiben spiegelten nur den letzten Schein des Tages, dort war kein Gesicht zu sehen.

Im Eingang zum Stall lehnte der Bauer mürrisch am Türpfosten, die Beine lässig gekreuzt; er rollte mit den klobigen Fingern eine Zigarette und ließ sich nicht anmerken, daß er den jungen Herrn quer über den Hof hatte kommen sehen.

Auf zehn Schritte Entfernung knurrte Gheorghe: «Spann ein, Vasile, mach daß du fortkommst.» Da sich der Bauer nicht regte: «Zum Teufel mit dir – du hörst wohl nicht, was ich sage? Einspannen sollst du, Dummkopf, und heim ins Dorf fahren.»

Vasile hob die gerollte Zigarette an die Lippen und befeuchtete mit spitzer Zunge den schmalen Rand des Papierfetzens, dann fuhr er bedächtig mit dem Daumen über die Klebenaht und wog das fertige, etwas formlos geratene Stück auf der linkisch offenen Hand. «Es fragt sich jetzt nur, wer mitfährt», sagte er und grinste dem jungen Herrn listig, frech und vertraulich ins zornige Gesicht.

«Du bist wohl ganz von Sinnen, Lümmel», schrie Gheorghe. «Wie stehst du da, wenn ich mit dir spreche? Was sprichst du, wenn ich dich nichts frage? Hai an die Arbeit – und daß ich dich abfahren sehe, bevor ich ungeduldig werde!»

«Eingespannt ist schon», sagte Vasile und verschwand in der Tiefe des Stalls. Er führte an der Hand das Gespann aus dem dunkeln Schuppen in den Hof.

Gheorghe runzelte die Stirn und stotterte verlegen: «Wer erteilt hier Befehle?»

Vasile machte sich am Kopfzaum zu schaffen, er blickte seinen Herrn nicht an, hob nur den Daumen der rechten Hand und streckte ihn gegen das Vorderhaus.

«Nun also», sagte Gheorghe hastig, «wenn du doch den Befehl schon hast, warum wartest du noch?»

Da stellte sich Vasile aufrecht neben die Pferde, als Kutscher stand er jetzt da, als Diener sprach er: «Der junge Herr hat mir beim Einfahren befohlen, auf seinen Bescheid zu warten, vielleicht fahre er heut abend wieder aufs Land.»

«Recht so, Vasile», lobte Gheorghe, «aber – ich fahre nicht.»

Vasile, rasch: «Und Jelena?»

«Was brauchst du dich um Jelena zu kümmern?» Der junge Herr trat nahe zum Kutscher. «Sprich nicht von ihr», zischte er.«Du sollst ihren Namen nicht aussprechen. Jelena bleibt hier.»

Vasile wich zurück, er schien zu schwanken, griff mit der Hand nach den Zügeln.

Die Pferde wurden unruhig.«Das ist gegen die Abmachung, junger Herr», stieß er heftig hervor.

«Was wagst du?», drohte Gheorghe. Er ballte die Faust.

«Das Mädchen soll nicht hier bleiben», grollte der Bauer dumpf. «Alles gehört dir, junger Herr, das Land und die Frucht, unsere Arbeit und unser Schweiß. Aber ihr Leib gehört nicht dir.»

«Hund!», brüllte Gheorghe und schlug ihm die Faust ins Gesicht.

Vasile taumelte, bäumte sich auf, riß beide Arme in die Höhe –, aber Gheorghes Augen brannten wie glühender Stahl auf ihm. Er duckte sich, keuchte schwer, griff unsicher tastend nach dem Kutschbock und schwang sich hinauf. In jagender Eile trieb er die Pferde aus dem Hof, der Wagen ratterte durch das Haustor und bog scharf am Portalgitter um die Ecke.

Gheorghe lauschte seinem dröhnenden Rollen: jetzt schien es plötzlich zu verhallen, ein Rad knirschte am Randstein, Hufe schlugen stampfend das Pflaster – und jetzt dröhnte das Rollen wieder auf und verlor sich in der abendlichen Ferne.

In langen Sätzen schnellte Gheorghe die Treppe hinauf, durch den Gang nach seinem Zimmer. Er stieß die Tür auf, trat ein, sah sich um: es war leer. Er stürzte in polternden Sprüngen die enge, knarrende Holzstiege hinunter. Er stöhnte laut, Wut und Schmerz peitschten ihn vorwärts.

Durch die offene Tür sickerte trübes Licht von der Straße in den muffigen Flur. Dunkel und reglos stand hier die alte Anika, die wächserne Hand am Kopftuch.

«Hast du sie fliehen lassen?», keuchte er.

Sie blickte aus ihren alten Augen auf sein verzerrtes Knabengesicht. Es war, als ob sie durch ihn hindurch seinen Vater sähe, den tobenden kranken Mann jener Frau, die jetzt still und stark im Zimmer saß und Karten legte und alles nach ihrem Willen leitete, und noch weiter zurück den Vater dieser Frau, den alten Herrn, aber auch ihn als jungen, hübschen, jähzornigen Mann, der sie, das Bauernmädchen Anika, eines Tages von der Jagd mit hereingebracht hatte in die Stadt, aus Laune, wer weiß, aus Verliebtheit, weil sie jung war und nach Erde und Sonne roch … Sie war geblieben, wo er sie versteckt hatte; und später, als man sie dort gefunden, hatte es wohl Schläge abgesetzt und Tränen, ach, wer konnte sich daran noch erinnern, das war vor einem Menschenalter gewesen, vor mehr als einem langen Menschenleben. Und sie war Kinderfrau geworden und hatte es gut gehabt und hatte gesehen, wie Männer alt wurden und starben, nachdem sie ausgetobt und ausgeschrien und ausgelebt hatten. Ihre Hand zupfte am Kopftuch, ihr Blick kehrte zurück, sie sah den zuckenden Knabenmund, die Hand, die schon erhoben war, sie von der Tür wegzuschleudern –: «Ach

Ghitza, mein Kindchen», lächelte sie müde, «willst du mich nun auch schlagen, wie du Vasile geschlagen hast?»

Da sank seine Hand, sein Gesicht neigte sich, er spürte den kühleren Abendwind auf der brennenden Haut und wortlos trat er neben der alten Frau vorbei auf die Straße, in die Dämmerung hinaus.

IV.

Die Nacht stand groß über den Feldern des Tieflandes. Die Flüsse gingen zwischen den sandigen Ufern, die wie Narben sind; über den Stoppeläckern spielte ein schläfriger Wind; er griff kaum nach den breiten Kronen der Bäume im Park. Eines späten Mondes schmale Barke schaukelte fern im blauen Meer des Himmels unbekannten Küsten zu.

Vasile trieb die Pferde nur lässig an. Er saß etwas zusammengestaucht auf dem Kutschbock, starrte auf die wippenden Rücken der Pferde und hob nur selten einmal den Kopf, wenn er durch das Rollen der Räder fern das Gekläff eines Hundes oder im staubiggrauen Gebüsch an der Straße das Rascheln eines fliehenden Kleinwilds erlauschte. Die Straße kannte er und die Pferde gingen ruhig. Er blickte träg nach den Hütten, an denen er vorbeifuhr; kein Licht war mehr wach, die Türen standen dunkel offen im fahlen Lehmgemäuer, die Menschen lagen in der Nachtkühle und ihr Atem ging schwer durch die blaue Stille. Wenn das Gefährt besonders heftig erschüttert wurde, in ein Loch im Wege sank oder aus der Radspur sprang, drehte sich Vasile um und schaute nach dem Mädchen, das auf dem Sitz des Wagens lag; es hatte den Oberkörper über die Arme zur Seite geworfen, das Gesicht ruhte auf den offenen Händen, ein Knie schob sich hell aus dem klaffenden Rock. «Schläfst du?», hatte Vasile gefragt, als die Stadt schon lange hinter ihnen im Dunkel verloren war. Ein leises Stöhnen, nichts, keine Antwort.

Im Hof vor den Ställen sprang Vasile vom Bock. Bevor er die Pferde ausspannte, trat er zum Wagen und legte dem Mädchen seine Hand auf die Schulter. Mit einer Bewegung schüttelte es ihn ab. «Wie, du bist wach?», sagte er erstaunt. Es erhob sich langsam, glitt vom Sitz herab, nahm die Hand von den Augen; es weinte.

Vasile schirrte die Pferde aus. «Was gibts da zu weinen?», brummte er, während er eins nach dem andern in den Stall führte. «Du hast doch noch Glück gehabt, wie du ihm entkommen bist. Jetzt ist doch alles wieder gut. Hier draußen wird er sich hüten, der junge Herr – der Teufel! Geschlagen hat er mich, weißt du das, Jelena? Deinetwegen, Jelena, die Heiligen sind mir Zeugen. Hätt ich ihn hier, zwischen meinen Fäusten, jetzt, in der Nacht, wahrlich, da könntest du deine Hände vor die Augen heben und schreien über ihn, – er vergäße das Schlagen ganz und gar und läge so still am Boden wie diese Mütze, auf die ich spucke: sie paßt mir nicht, sie gehört mir nicht, ich habe nichts mit ihr zu tun. So denkst du auch, Jelena, nicht wahr? Die verfluchte Mütze – fort mit ihr, in den Dreck, unter die Füße!» Er schob den Wagen in den Schuppen. Als er zurückkam, war Jelena verschwunden.

Wütend schmiß er die breite Tür des Schuppens zu. Er lauschte über den Hof nach den Hütten des Dorfes hin: es war ganz still. Vorsichtig trat er auf die Straße, spähte in das Dunkel der Felder hinaus, dann war er in drei Sprüngen bei der Hütte unten und klopfte leis an den Holzrahmen der Fensterluke.

Jelenas Stimme flüsterte: «Geh, Vasile, du weckst das Dorf.»

Er schob den Kopf in das Loch. «Du hättest dich schon anders von mir verabschieden dürfen, dünkt mich. Wo bist du, ich seh dich nicht, komm und küß mich!»

Ihre Stimme war matt: «Geh, Vasile, du weckst die Leute. Soll denn jeder erfahren, was geschehen ist?»

Er schlug die Faust an die Lehmwand. «Wer es mit mir zu tun bekommen will, mag fragen. Ich stehe jedem Rede.»

«Besser wäre zu schweigen», seufzte sie.

Das leise Wort fiel schwer in sein unruhiges Herz, wie ein Stein in aufgestörtes, trübes Wasser fällt. Es sank bis auf den Grund seines Herzens und blieb dort liegen. Vielleicht wäre es besser zu schweigen, vielleicht. Brauchten sie alle im Dorf zu wissen, daß Jelena in der Stadt gewesen war? Brauchten sie zu erfahren, daß der junge Herr ihn geschlagen hatte? Besser wäre zu schweigen. Bald heiraten. Alles vergessen.

Er stand nun wieder auf der Straße, die hell wie ein schwaches Licht in die Nacht hinausging. Während er mit stumpfem Blick dem matten Schimmer folgte –: Jelena hatte es eilig, die Geschichte zu vergessen, ihr Abenteuer zu beschweigen. Dabei hatte sie sich aber wahrhaftig nicht allzu sehr angestrengt, Vasile zu versöhnen. Und durfte er nicht erwarten, daß sie sich um Versöhnung bemühte? Aber im Wagen: kein Wort, keine Gebärde, kein Blick. Sie ließ sich heimführen wie eine Kranke, zu der man nicht reden soll. Und hier, statt ihm für die Rettung zu danken, entfloh sie ins Dunkel, während er für alle beide wütete und tapfer war. Ihr einziger Gruß, ihr Trost, ihr Dank: Besser wäre zu schweigen!

Es schwindelte Vasile ob sovielem Denken im Kreise herum. Die Nacht verhüllte alles, nichts war greifbar, man blieb allein zurück. Denken – das war die Nacht. In der Nacht schlief man.

Dennoch, als er unwillig und müde wieder den Ställen zuschritt, schoß ein neuer Gedanke in ihm auf. Das war wie ein Feuerzeichen, wie ein Scheinwerfer, der zuckend in die Finsternis hinausschlug und einen Atemzug lang alles gespenstisch erleuchtete: Weg, Fluß-ufer, Geröll und Furt. Dort lag Jelenas Gerät, die Eimer, das Trag-holz. Jeder im Dorf kannte es. Am Morgen, wenn die Frauen zum Wasser gingen, fanden sie es. Dann kamen sie zurück mit Fragen und Tuscheln, mit neugierigem Blick und halbem Wort. Besser wäre zu schweigen. Er murmelte vor sich hin: Besser ist es zu schweigen. Langsam ging er über den Feldweg, quer durch die Aecker und das dünne Gehölz, zum Fluß hinunter.

Er kannte den Weg und er war nicht blind in der Nacht. Dennoch ging er irr. Er folgte einem schmalen Fußpfad, der in leisen Krüm-mungen einer Bodenfalte nach durch die endlosen Kornäcker lief wie durch einen Dschungel; die Halme hatten ihn ganz bedeckt und wer ihn gegangen war, hatte mit der Hand vor dem Gesicht schrei-ten müssen, um die Aehren wegzudrängen. Jetzt aber waren die goldenen Wände links und rechts eingestürzt, kein Halm mehr kitzelte einen im Nacken, keine Aehre schlug einem ins Gesicht; und so hatte auch der Weg sich verloren, er war ohne Begrenzung und ohne Ziel. Vasile stolperte über harte, staubige Schollen. Er blieb stehen, blickte auf zu der fernen Mondsichel, die den Nachthimmel zu ritzen schien, und stolperte dann wütend, mit zusammengebissenen Zähnen weiter.

Endlich erspähte er vor sich, dunkel gezackten Wall gegen den blassen Absturz des Himmels, das struppige Ufergehölz. Die Furt lag rechter Hand. Je näher er ihr kam, nun fast laufend und laut in die Nacht hinaus keuchend, desto verzweifelter tobte auch sein Sinn, dieser schwache, gehetzte Sinn, dem alles Geschehnis des Tages in riesigen und drohenden Bildern wieder aufstieg: Jelena im Geröll des Flusses, von den Pferden erschreckt, die mutwillige Fahrt zu dreien in die Stadt, die einsame Qual im Hof, während Jelena im grauen Haus gefangen war, seinem dumpfen Willen unerreichbar, und die Demütigung durch den jungen Herrn, die Flucht mit ihr in die Nacht hinaus, ihr Verstummen, ihr Leid, ihr Trotz gegen ihn – unbegreiflich alles, ganz und gar widersinnig das letzte. Besser wäre zu schweigen, hatte sie geseufzt; aber was half es einem geschlagenen, gepeitschten Sinn, der nicht weiß, wohin er ausrasen soll, um endlich müd und satt vom eigenen Schmerz hinzusinken? Nicht schweigen wollte er; schreien, fragen, wissen, – solange schreien, bis ein Mund ihn mit der Wahrheit überschrie.

Er sprang von Stein zu Stein in den Fluß hinaus, er glitt, stürzte, schnellte wieder empor, er stolperte von Rinnsal zu Rinnsal, beugte sich – hier lag das Gerät, niemand hatte es entdeckt. Er ergriff es, Tragholz und Eimer, und blickte um sich, spähend wie ein Dieb. Die Helle lag wie ein fahles Gewölk über dem Rand der Felder, sie zuckte am Himmel empor wie schwelendes Feuer, wie ein ferner Moorbrand, den die Männer nicht mehr einzudämmen vermögen.

Die Eimer an den Stricken über die Schulter geworfen, das Tragholz in der Faust, stieg Vasile wieder aus dem Geröll ans feste Land. Hinter ihm gluckste das Wasser schläfrig in seinen schmalen, kaum bewegten Tümpeln. Er stampfte auf dem sandigen Weg vorwärts. Sein Herz pochte laut, der Schweiß brannte ihm in den müden Augen, die Knie knickten ihm fast ein, er lief, lief – der Helle zu, dem Tag, der Gewißheit.

Vor ihm, jäh wie aus dem staubgrauen Weg gewachsen, stand der junge Herr. Vasile fuhr zurück.

«Ich hörte dich im Fluß», sagte Gheorghe und versuchte zu lächeln.

Vasile starrte, er kniff die Augenlider zusammen, riß sie auseinander, starrte auf die nassen Schuhe, auf die zerknüllten, beschmutzten Hosen, auf das müde Gesicht mit den durstig offenen Lippen, mit dem verwirrten Haar, mit den müde flackernden Augen.

«Ich bin es, Vasile», sagte die knabenhafte Stimme. «Hast du Angst vor mir?»

Der Bauer warf die Eimer von der Schulter in den Sand. Er fuhr mit der linken Hand über die Augen, griff sich an den Hals, zerrte am Hemdkittel. Er keuchte laut.

«Hast du Jelena heimkutschiert?», fragte die Stimme; sie war nun so gar nicht herrisch mehr, sie war wie zerbrochen, wie eines Kindes Stimme, müde vom Weinen, erschöpft vom Trotz. Doch sie versuchte zu lächeln, weil sie des andern Antwort fürchtete.

Gerade dieses Lächeln aber warf das steile Feuer in Vasiles stumm tobendes Blut. Jetzt brüllte er auf, heiser und drohend, und zuerst war es kein Wort, was aus seinem Schlund herauszischte, nur ein Schrei, der Schrei eines Verletzten, eines Gehetzten, eines Mannes, der sich in die Raserei flüchtet, weil ihm alle andern Wege verstellt sind. Aber dann kam das Wort, stoßweise kam es heraus, kaum geformt, kaum verständlich, als ob es noch ganz neu wäre und noch nie gebraucht und als ob man erst abwartend hören müßte, ob es einen Widerhall fand, eine Antwort weckte. Vasile hörte, wie das Wort von ihm stürzte, flatternd in die aufgescheuchte Nacht hinaus, und er lauschte mit gierig gerecktem Kopf, mit dem Kopf eines hungernden Tiers, auf die Antwort, auf den Widerhall.

Aber das Wort und der Schrei verloren sich auf dem weiten, einsamen Feld, von dem die Nacht sich langsam hinweghob, als wollte sie nicht mehr zugegen sein; und statt der Antwort schüttelte er, der noch immer der junge Herr war und der in seiner Ueberlegenheit sehr nachsichtig sein konnte, den traurigen Knabenkopf. Ach, er sagte nichts zu dem Gebrüll; er sagte nicht ja und er sagte nicht nein; er hatte auch nichts rechtes dazu zu sagen, denn er war unsicher wie der andere, gehetzt und verwundet wie jener. Er schüttelte nur den Kopf, aber es bedeutete nichts, weniger als nichts.

Dieses ertrug Vasile nicht mehr. Er hatte geschrien, er hatte gefragt – besser wäre zu schweigen! ging ihm ein Gedanke schmerzhaft wie ein glühender Nagel quer durch den Schädel –, jetzt hob er das Tragholz, beide Fäuste sprangen herzu und umklammerten es als das letzte, was standhielt, jetzt sauste es herab durch die seufzende Luft, und jetzt lag der junge Herr im Staub des Weges, das Gesicht ans Ackerbord geschmiegt, als wollte er sein Blut in die Furchen seiner Erde rinnen lassen. Der Himmel war hell geworden wie das starre Gesicht des Richters am jüngsten Tag.

So fand Jelena die Leiche, als sie in der Frühe zum Fluß ging, und daneben ihr Gerät, Eimer und Holz. Sie durchlief schreiend das Dorf und warf sich in den Schoß der blinden Alten, die vor der Hütte in der Sonne hockte. Die Bauern, Weiber und Männer, drangen wie eine schmutzige Welle in den Hof. Einer wagte es und stieß die Tür zum Stall auf. In der finstersten Ecke, beide Hände hinter sich in den Mörtel der Wand gekrallt, stand Vasile. Sein Mund lallte. Dann fielen Worte von seinen Lippen, die jeder verstand: «Besser wäre zu schweigen.» Er reckte dem, der eingetreten war, die Hände hin, kreuzweise an den Gelenken übereinandergelegt.

Draußen stand groß, glühend und mitleidlos der Tag über den flimmernden Feldern.

Sonja

I.

Man erhob sich geräuschlos vom Tisch. Sherban trat zur alten Fürstin, griff nach ihrer rechten Hand und führte die Fingerspitzen mit leichtem Anstand an seine Lippen. Sie legte die Linke auf sein dunkles Haar, zog ihm den Kopf ein wenig herunter und küßte ihn auf die Stirne. Er sagte halblaut: «Danke, Großmama.» Dann schritt sie am Hauslehrer vorbei, der sich leicht verneigte, lächelte ihm aus ihrem runzligen, beherrschten Gesichte zu und sagte mit einladender Entschiedenheit: «Wir setzen uns auf die Veranda. Bleiben Sie bei uns?» Und durch die weitoffenen Flügeltüren trat sie hinaus in die dunkelglühende Sommerabendsonne.

Alexander und Sherban folgten ihr; wie zwei Freunde schritten sie nebeneinander, und der Erzieher hatte leicht seinen Arm um den Nacken des Knaben gelegt. Beide waren sie von fast gleicher Größe: Alexander schlank, braun und sehnig, sein Zögling hoch aufgeschossen und mit seinen zu langen Gliedern beinahe linkisch. Der Hals des Jungen stieg steil aus dem weißen Kragen der Hemdbluse empor, die Knöchel, noch ganz schmal hinter den breiten Knabenhänden, standen weit aus den Aermeln hervor, und die kurze Hose reichte nicht mehr ganz bis zu den knochigen, straff gemodelten Knien.

Die Fürstin stand bei den Rosen, die am Geländer der Verandatreppe heraufklommen und als blutrote Welle am weißen Gemäuer emporschlugen. Die Bäume des Parks warfen lange Schatten, die tief in den sinkenden Rasen hineingeglitten waren; nah und fern glühten Wipfel und loderten in den windstillen, blausilbernen Himmel hinauf. Die Hitze des Tages zitterte aus den Mauern und stieg aus der rissigen Erde; nur die Blumenbeete, die eben begossen worden waren, lagen kühl und schwarz.

«Darf ich das Spielbrett holen?» fragte Sherban.

«Gewiß, mein Junge, wenn du Lust hast», erwiderte die Fürstin. Ihr Französisch, immer gewählt und rein, klang flüssig, fast ein wenig zu hastig. Sprach sie mit der Dienerschaft und den Bauern rumänisch, so tönte es diesen fremd, und sie verstanden den freundlich bestimmten Sinn der Rede nicht immer sofort.

Die Fürstin hatte sich in einen Korbstuhl gesetzt; Alexander ging auf der Veranda hin und her und steckte seine kurze Pfeife in Brand. Die alte Dame beobachtete ihn, und als er endlich bei der Treppe stehen blieb, unentschlossen, und dann wieder zurücktrat, sagte sie lächelnd: «Sie spüren die Eintönigkeit des rumänischen Sommers, die Abgeschiedenheit des alten Landhauses an Ihrem Leibe, der hinter dem Wall dieser halbverwilderten Parkbäume wie in einem Gefängnis lebt.»

Alexander setzte sich der Fürstin gegenüber. Er zog seine Augenbrauen empor:«Was soll ich darauf antworten? Ihre Gesellschaft –»

Sie unterbrach ihn lachend: «Ich bin eine alte Frau, mein Enkel ist ein Knabe.»

Alexander wehrte ab. Er wurde eifrig. «Der Junge, von dem Sie sprechen, gilt mir denn doch mehr als ein Schulknabe. Das wissen Sie, Fürstin.»

Sie nickte.

«Schon allein ihn zu beobachten, möchte mir Unterhaltung genug zu bieten wissen. Sherbans Jugend ist in diesen Wochen der Kampfplatz eigensinnigster Gegner: Knabe und Jüngling haben sich in ihm zum Zweikampf gestellt. Die Hand des Erziehers –»

Das Gespräch stockte auf eine leise Handbewegung der Fürstin hin. Schritte klangen im Zimmer, Sherban trat auf die Schwelle. Er trug das Spielbrett unter dem Arm. Als er es auf den Tisch vor die Fürstin hinsetzte, sagte er: «Heute darfst du mich nicht so rasch besiegen, Großmama.»

Sie schlug das Brett auf; die milchhellen Elfenbeinfelder schimmerten matt aus der dunkelschwarzen Ebenholzeinfassung. Die Fürstin nahm zwei kleine Würfel in die hohle Hand, ließ sie leise gegeneinander klappern und warf sie dann lässig aufs Brett. Hastig griff Sherban darnach. Er setzte die Steine rasch und lärmend, während die Fürstin nach langem Erwägen sie geräuschlos schob, ihr Spiel mit Bemerkungen begleitete und den Jungen lächelnd in die Enge trieb.

«Nun setze ich hier», sagte sie, «und wenn nicht ein Glücksfall dir unverdientermaßen wohl will, wirst du bald die Waffen strecken.»

«Dies Spiel ist ungerecht», murrte Sherban und rückte verzweifelt die Steine vorwärts. «Ich finde es geradezu blöde. Werfe ich schlecht, so muß ich verlieren. Aber was kann ich denn dafür, daß ich unglücklich werfe?»

«Ueberlegen, überlegen», mahnte die Fürstin. «Auch zum ungerechtesten Siege gehört doch etwas mehr als Glück.»

«Ueberlegen –», knirschte Sherban geärgert. «Auf dem Tennisplatz, wo es nichts zu überlegen gibt, stehe ich auch gegen Aeltere – wie, Alexander? Aber hier! Nein, nun ists ja aus. Du hast mich wieder geschlagen.»

«Ich bedaure, mein Junge, dir nicht vor dem Netz mit dem Schläger in der Hand begegnen zu können. Aber du würdest mich ja nicht ernst nehmen.»

«Noch ein Spiel?» fragte Sherban höflich.

«Ja», erwiderte die Fürstin. Und sie begannen aufs neue. Sherban nahm sich eifrig zusammen. Aber als ihm, ohne daß ers bemerkt hatte, wieder ein Stein in Gefahr geraten war, stieg ihm das Blut bis unter die Haare hinauf und er biß die Zähne in die Lippen. Er verlor, klappte das Brett zusammen, verbeugte sich leicht und sagte: «Danke, liebe Großmama. Du entschuldigst mich; Alexander hat mir Aufgaben diktiert, die noch nicht erledigt sind.» Und er trat ins Haus.

Seine Schritte verhallten auf dem Teppich; eine Tür fiel ungewöhnlich hart ins Schloß. Die Blicke der Fürstin und des Erziehers begegneten sich. Beide lächelten.

Nach einer Pause sagte die Fürstin: «Mir gefällt diese unwirsche Kraft der heutigen Jugend. Sie steht ihr gut für vieles, was ihr wohl an Geist und Geschmeidigkeit früherer Geschlechter verloren gegangen ist. Das Brettspiel kommt aus der Mode; man mißt sich mit dem Tennisschläger in der Faust. Man protestiert, wenn es schief geht, gegen übernatürliche Ungerechtigkeiten. Und selbst besiegt, ergibt man sich noch nicht. Hier stehe ich, da mein Feind, – eine dritte Macht, und hieße sie das Schicksal selbst, wird, in trotziger

Rede wenigstens, ausgeschaltet aus einem anständigen Wettkampf.»

«Ob es nicht je und je Menschen gegeben hat, die sich ganz auf sich selber stellen wollten?» zweifelte Alexander.

«Auf sich selber stellen, ja», sagte die Fürstin langsam.«Aber das meint man nicht. Das Wesentliche ist: man stellt sich außerhalb, oder in den Mittelpunkt; wie Sie wollen. Und so betrachtet, steckt das heutige Geschlecht in Kinderschuhen. Denn, nicht wahr, das ist echte Jungenart? Aber jede Mode kann mit Geschmack getragen werden.»

«Entschuldigen Sie», wehrte Alexander ernsthaft ab, ohne das Lächeln der Fürstin zu beantworten. «Sie verallgemeinern. Dieses brutale, ja blinde Zupacken, sich in den Mittelpunkt stellen, äußerlich und behauptend, das ist doch wohl schon ein wenig veraltet.»

«Es ist möglich», gab die Fürstin zu, in einem rasch sinkenden Tonfall, der das Gespräch für sie als bedeutungslos verklingen ließ. «Ich müßte mit allen meinen Fingern reden, wenn ich Ihnen die Moden aufzählen wollte, die ich miterlebt habe. Das alles wechselt so viel rascher als früher. Meist geht es doch nur um geringfügige Aenderungen im Aermelschnitt oder in der Farbentönung.»

Alexander wollte reden, über sein braunes Gesicht flog leise Röte, eine leichte Verwirrung ließ seine Hände unruhig, stumm durch die Luft tasten, als gehörten sie nicht zur beherrschten Gesamtheit seines sportgezügelten Körpers.

«Wenn einer», begann er zaudernd; dann mit einem Ruck: «Wenn einer dieses Kinderstadium – zugegeben! – hinter sich hat, ganz hindurchgegangen ist durch alle Jugendnöte und Wachstumskrankheiten, auf den Königssitz im Weltmittelpunkt verzichtet und sich eingereiht hat in den großen Heerbann geschaffener Wesen und nun nichts für sich behalten will als das freie Selbstbestimmungsrecht in seinem Innern, Maß und Macht in seinem Reiche, das aber recht eigentlich nicht von dieser Welt ist, das in die Tiefe, nicht in die Breite geht, – darf dieses im Handumdrehen erledigt werden mit dem guten Witz von einer Modevariation?»

Die Fürstin hatte Alexander unverwandt angeschaut; sie war seinen ungewöhnlich weiten, den Ausdruck mühsam heranzwingenden Handbewegungen aufmerksam gefolgt. Als er nun, am Ende seiner Rede, die Augen stolz fragend zu ihr erhob, – denn während er gesprochen hatte, waren seine Blicke suchend und unstet im Abenddunst über den Baumkronen umhergeglitten, – senkte sie rasch die ihren, in denen ein belustigtes Lachen erlosch. Sie schien nun auch eine Antwort zu überlegen, die sich plötzlich Alexander selber gab, indem er laut und vernehmlich sagte: «Nein.»

Erregt erhob er sich, ging ein paarmal auf der Veranda hin und her, blieb erstaunt stehen, als er bemerkte, daß der Schatten der Bäume über sie gekrochen war. Das Licht lag blasser am Himmel, die Ferne des Parks hatte sich in einem zackigen, feingeschnittenen Schattenriß verdichtet, der Rasen war von feuchten Nebelstreifen überdeckt.

«Und auf das freie Selbstbestimmungsrecht verzichtet man nicht?» fragte die Fürstin mit leiser, doch nachdrücklicher Betonung.

«Ah nein, gewiß nicht», gab Alexander hart zurück und blieb vor ihr stehen.

Die Fürstin hob leicht die Hand und ließ sie seitlich abwärts gleiten.

Alexander zuckte mit der Schulter. Nach einer Weile, zaghaft, sagte er: «So betrachtet, allerdings –. Ich verstehe Sie, Fürstin. Aber wieder aufgeben, was man als Wertvollstes aus dem Kampfe heimgetragen, – nie.»Und nochmals, als wehrte er sich gegen etwas: «Niemals!»

Die Fürstin sprach ruhig: «Es ist ja doch immer die Freiheit, um die aller Streit und alles Gerede geht. Wir andern, wir Alten, fanden sie in der horchenden, demütigen Unterwerfung unter das große Gesetz. Nennen wir es Schicksal; es gibt viele Namen dafür. Es läßt uns streckenweise in lockeren Zügeln gehn – Sie sind auch nicht jeden Schritt hinter Ihrem Zögling her! Aber seine Hand ist doch jederzeit da, uns zu meistern. Das kommt Ihnen schwächlich vor, mein Gedankengang ist Ihnen zuwider. Wir lassen uns fallen, tiefer und tiefer, bis wir in die Hand sinken, die unter allem ruht; Sie aber mühen sich, zu steigen. Beides fordert Mut, den Sie verehren. Sie sollten mich verstehen.»

Alexander warf den Kopf zurück: «Heißt das nicht die Waffen strecken?»

Die Fürstin lachte. «Nein, behalten Sie Ihr Schwert. Wir brauchen Helden, das Schicksal Widerstände. Es ist alles gut.»

Alexander schüttelte den Kopf.

Die Stille wuchs langsam aus den Abendschatten heraus. Sie ging von den Bäumen über die Wiesen, sie rann aus der Luft, sie war in den Düften der Blumen und der Felder, in den Düften, die stärker und weicher wurden. Dunkelklare Seide war mit Silbernägeln hoch über allem gespannt.

«Wir erwarten morgen Besuch», sagte die Fürstin, die sich erhob. «Sonja, – ich glaube, Sie sahen sie noch nie bei uns. Auf ein paar Tage bloß. Wollen Sie, bitte, Sherban etwas mehr Freizeit lassen?»

«Natürlich, gern», antwortete Alexander.

«Doch soll der Unterricht ohne Störungen weitergeführt werden. Sie wissen, Sonja ist meine Enkelin –?»

«War nicht Sherban in den Osterferien auf dem Gute ihrer Eltern, seines Onkels? Er erzählte mir von ihr.»

«So?» fragte die Fürstin. Es klang gleichgültig. Aber ihre Augen hoben sich rasch und scharf.

«Weniges nur», fuhr Alexander fort. «Sie reite gut, spiele vorzüglich Tennis –. Sherban wird entzückt sein.»

«Sie wird uns allen frohe Abwechslung bringen», sprach die Fürstin und reichte ihm ihre kleine, harte Hand, die er küßte.

Dann schritt er über die Verandatreppe hinunter und in die Dunkelheit hinein. Er ging unter den hohen Bäumen, deren Zweige zu beiden Seiten der Allee tief bis auf den Rasen herunterhingen. Die Luft war dumpf unter dem dichten Blätterdache. Vom Hofe her klang Musik: Hackbrett und Geige. Ein Feuer flackerte.

Er wandte sich ab. Er schritt zum Bache hinunter, durch den Nebel der Wiesen. Am Wasser war es kühler. Dunkel floß es zwischen den Bäumen dahin, langsam, lautlos.

Nach einer Weile glitt sein nackter Körper blank in die Flut und schwamm mit der Strömung vorwärts, dem See zu. Der Laubgang weitete sich, der Himmel tat sich hoch oben auf, das Wasser stand unbewegt. Alexander schwamm bis zum Kahn, kletterte hinein, band ihn los, stieß mit wenigen Ruderschlägen bis in die Mitte des Sees, legte sich dann langhin auf den Boden des Bootes und verschränkte, leise treibend, die Arme unter seinem Kopf. Von fernher tönte die Geige in die schwere Stille der Sommernacht.

II.

Der Tennisplatz lag schon im Schatten der hohen Bäume, als ihn Alexander und Sherban nach dem letzten Spiel verließen. Der Junge war, knapp aber entschieden, Sieger geblieben. Er sammelte die Bälle und barg sie in einem kleinen Netz, während Alexander seine leichte, hell- und dunkelblaugestreifte Jacke überzog. Sie gingen auf dem schmalen Weg in den Park und bogen dann zum Hause hinauf, das grell hinter den Büschen und der Wiese stand.

Alexander trug den Schläger unter dem linken Arm, die Hände staken in den Taschen der weißen Flanellhose; in seinem langsamen, weitausholenden Gang schritt er dahin. Der Junge hatte den Schläger wie eine Waffe geschultert und lachte aus dunklen Augen in verlegenem Stolz.

«Sie spielten recht zerstreut», sagte er, als Alexander stehen blieb und sich eine Zigarette anzündete. «Sonst hätte ich Sie heute wohl kaum besiegt.»

«Warum gerade heute?» fragte Alexander gleichgültig. Sherban lachte laut. Er gab keine Antwort.

Sie traten in die Allee, die zum Hause bog. Sherban ging langsamer. Und plötzlich sagte er: «Was Sie von Sonja denken werden, darauf bin ich neugierig. Aber Sie werden natürlich schweigen, mir nichts davon sagen –.»

Alexander horchte auf. Langsam wandte er sich um und sagte: «Wir könnten vielleicht noch eine Viertelstunde im Park spazieren gehen? Zeit zum Umziehen bleibt uns genug; man geht ja später zu Tisch.»

Sie schritten wieder unter die Bäume zurück. In einem Laubgang, der sich dem Bach entlang in verschwiegener Wildnis hinzog, faßte Alexander den Jungen unter dem Arm und sagte: «Nun erzählen Sie mir, was Sie den ganzen Tag schon auf der Zungenspitze tragen.»

Sherban fuhr auf: «Was denn? Was denn hätte ich Ihnen zu erzählen? Gar nichts! Sie irren sich.»

Alexander schaute lächelnd dem zappligen Bubenwesen zu; dann spottete er: «Ich muß mich getäuscht haben. Und jetzt wirken Sie so ruhig, daß sicher kein brennendes Geheimnis hinter Ihren Augen zu vermuten ist. Entschuldigen Sie.»

«Wenn Sie schon so anfangen», sagte Sherban leise, «dann sag ichs eher gar nicht.»

«Aha», stellte Alexander fest. «Sehen Sie in mir den ernsten Mann, der Ihre wichtigen Geheimnisse zu bewahren weiß.»

Der Junge runzelte die Stirne. «Sie machen sich über mich lustig. Ich aber will Ihr Ehrenwort, daß Sie das, was Sie von mir erfahren werden, nicht über Ihre Lippen gehen lassen.»

«Gehen Sie zu Anika in die Küche», erwiderte Alexander.

Sherban senkte den Kopf. «Es ist wahr.» Dann, plötzlich und ruckweise: «Sie werden Sonja sehen, heut abend. Sie kennen sie noch nicht.»

«Ich freue mich natürlich, ihre Bekanntschaft zu machen», warf Alexander in die Stille, die sich breit und tief hinter des Jungen Worten aufgetan hatte.

«Nicht das –», wehrte Sherban ab. «Ach, Sie wissen ja schon alles. Lassen Sie doch nicht immer mich reden. Sie wissen immer alles, was ich denke.»

«Nun?» fuhr Alexander ohne Rührung fort. «Nun? Mut.»

«Ja, ich liebe sie», sagte Sherban kräftig, hastig, mit erhobenem, rotem Gesicht.

Alexander sah aus ruhigen Augen auf ihn; als er fühlte, wie nach einer Weile im Jungen schon die Scham über das Geständnis wuchs und ihn verwirrte, bemerkte er, zur Ablenkung, gutmütig und trocken: «Sie wird dieser Liebe wohl wert sein.»

«Nein –», stieß Sherban heftig hervor. Er ließ den Arm seines Erziehers fahren und stampfte wütend die Erde. Lachend fragte Alexander: «Nicht? Finden Sie nicht?»

Da brach auch fröhlich und sprudelnd das Lachen aus Sherbans rotem Mund; er umschlang den ältern Freund stürmisch und drängte und schob ihn vom Pfade ab ins Gebüsch. Eine Weile rangen sie keuchend, Brust an Brust, und Sherban stieß kurze Schreie aus und stöhnte: «Ach, Sie, Sie, immerfort spotten Sie –!»

Alexander hob den Jungen endlich auf freien Armen hoch in die Luft und setzte ihn fest auf den Boden nieder. «So, können Sie jetzt sprechen? Wollen Sie jetzt reden? Oder soll ich gehen?»

Nach einigen Schritten begann der Junge mit leiser, von innerer Erregung brüchiger und heiserer Stimme: «Ich weiß nicht, ob Sie das verstehen werden. Sie sind so kühl, – nein, aber so beherrscht. Ich weiß ja, daß man so sein soll. Männer sollen so sein. Ich will es auch werden, so wie Sie. Nicht jeder soll mich wie eine Zeitung lesen können. Ich will mir Mühe geben. Aber –.» Er zögerte, suchte nach Worten, griff sich an die Brust. «Hier drinnen, seit Ostern, brennt ein Feuer –.»

«So soll es sein, stark und sengend», sagte Alexander leise betont. Seine Stimme war nun dunkel und aller Spott ferngehalten.

«Aber muß es mir den Frieden nehmen?» knirschte Sherban. «Seither ist alle Ruhe zum Teufel. Bis heute wünschte ich nur eines: Sonja möchte herkommen, bei uns wohnen, unter einem Dache mit mir, in einer Luft mit mir; und nun, da sie anrückt, wärs mir leichter zu Mute, wenn sie dort geblieben wäre, wo ich sie nicht mit meinen Augen sehen kann.»

«Mein Junge», sagte Alexander nach einer Weile, «ist nicht alles schwer, was wir zum erstenmal anpacken oder aufgehalst bekommen? Und nun gar das Lieben. Das muß man gleich auf den ersten Schlag hin recht tun, oder mindestens das erstemal recht tun. Versuche gibts da nicht. Das fühlen wir – und stutzen.»

Sherban lächelte. «Mir ist seit Ostern, als ob etwas, das ich nie gesehen, von dem ich noch nie gehört habe, irgendwo am Wege auf mich wartete; etwas, dem ich vielleicht nicht gewachsen bin und das ich nicht einmal vorher mit meinen Augen messen kann. Gerade wie beim Spiel mit Großmama, wo ich auch stets den kürzeren ziehen muß. Ich werde wohl auch hier geschlagen werden. Denn ich spüre, daß man viel, sehr viel Glück nötig hat. Und das läßt mich ja immer im Stich.»

Alexander unterbrach ihn nicht. Er suchte Worte. Und als er sprach, färbte Leidenschaft den ruhigen Klang seiner Stimme. «Nein, Junge, so ist es nicht. Zu einem Waffengang trittst du an, nicht zu einem Würfelspiel. Diesem Großen, das unbegreiflich und übermächtig irgendwo auf dich wartet, mußt du gemessen und gesammelt entgegentreten. Nicht so oder anders fällt ein Würfel, sondern so und so greifst du an, stößt du zu, wehrst du dich. Gespannt wie ein tadelloses Schlägergeflecht, und das Handgelenk hart und doch biegsam. Ritterlich spielen, aber immer straff. Es geht nicht nur um Sonja. Es geht um deine erste Liebe, Junge, und sie ist vielleicht die einzige in deinem Leben, an die du dich später erinnern magst.»

Langsam schritten sie zum Hause hinan und durch die leere Halle in ihre Zimmer. Alexander bot dem Jungen die Hand, ehe sie sich trennten. Dieser ergriff sie stürmisch, dann, in plötzlicher Besinnung, sagte er ruhig: «Sie sollen sich in mir nicht täuschen.» Lächelnd trat Alexander in sein Zimmer und stieß die Fenster weit auf. –

Nach einer Viertelstunde ging er hinunter, im Abendanzug und vom Bad erfrischt. Auf den letzten Treppenstufen blieb er stehen, lauschend und schnuppernd. Ueber einem der Sessel in der Halle lag ein weißer Mantel, durch die offenstehenden Zimmertüren klang von der Veranda her lautes Reden und Lachen; ein fremder Duft geisterte leis umher.

Absichtlich trat Alexander etwas lauter auf, als er durch die Zimmer schritt, und vermied es, auf den Teppichen zu gehen. Ehe er über die Schwelle auf die Veranda trat, räusperte er sich kurz und unnötigerweise.

«Ah, da ist Herr Alexander, Sherbans Erzieher», sagte die alte Fürstin, ohne von ihrer Handarbeit aufzusehen. «Du kennst ihn ja noch nicht, Sonja.»

Alexander trat zwei Schritte vor und bot dem Mädchen, das ihn musterte, die Hand. Es griff kräftig und mit einem entschlossenen Ruck hinein. Dabei öffnete es ein wenig die Lippen, ohne doch die schimmernden Zahnreihen voneinander zu lösen.

Alexander ließ sich in einem Sessel nieder, ohne die einladende Handbewegung der Fürstin abzuwarten oder zu verdanken. Sein Blick ging unverzüglich und rasch über die helle, schlanke Gestalt, die ihm gegenüber im Korbstuhl lehnte.

Eine Weile lang sprach niemand, und als Alexander den Mund öffnete, um zu fragen, ob auf der Landstraße sehr viel Staub liege (er sei heute nicht ausgeritten), kam ihm Sonja eben zuvor und sagte:

«Du kannst dir denken, Großmama, daß man bei uns wieder von nichts anderem spricht als vom Skandal, den Jonel in Paris angerichtet haben soll. Ich glaube nicht daran. Aber seitdem Tante Katja bei uns Ferienaufenthalt genommen hat, ist es auf unserem Gute nicht mehr zum Aushalten. Du kennst sie ja –. Ich bin froh, auf ein paar Tage ihrem prophetischen Klatsch entflohen zu sein.»

Die Fürstin erwiderte nichts. In plötzlichem Entschluß blickte Sonja zu Alexander hin, auf sein Gesicht, dessen ruhige ebenmäßige Züge sie zu ärgern schienen; sie faltete leicht die Stirne zwischen den Augenbrauen.

Alexander spürte ihren Blick, aber er hielt still. Er zog nur ein ganz kleines die beiden Mundwinkel herab. Ein leises Geräusch drehte ihm plötzlich den Kopf. Unter der Türe, noch auf dem weichen Teppich des Zimmers, stand Sherban, unschlüssig vor der gar reglosen Stille, auf einen Anlaß zu seinem Auftreten wartend. Er trug eine Matrosenbluse und lange, dunkelblaue Hosen; seine Hände lagen auf dem Rücken, der Kopf war in lauschender Befangenheit leicht zur Seite geneigt.

Und wiederum, ohne das Gesicht zu erheben, sagte die Fürstin: «Da ist auch Sherban, und wir können zu Tische gehn.»

«Ach Sherban!» Sonja fuhr herum und vom Stuhl empor. Sie gaben sich die Hände, Sherban errötete und verbeugte sich lächelnd mehrmals, das Mädchen aber drückte ihm die Finger zusammen, schüttelte sie heftig und mit jungenhafter Fröhlichkeit und bestellte ihm Grüße von Onkeln und Tanten, Vettern und Basen, Hunden und Pferden.

«Nun aber soll ein Leben losgehen, Sherban! Was meinst du? Sind eure Pferde alle wohl? Uebrigens, hast du neue Tennisbälle gekauft? Sie waren letztes Jahr so schlecht, erinnerst du dich? Aber damals warst du noch ein kleiner Junge, und wir schickten dich immer Nüsse holen, Andrei und ich, wenn wir dich los sein wollten. Und heute gehst du in langen Hosen! Ei sieh mal, meinetwegen doch wohl?»

Die Fürstin sah rasch und unbemerkt zu Alexander hinüber. Seine Augen blitzten ihr lachend entgegen.

«Sherban kleidet sich, wie er es für angemessen hält», erklärte die Fürstin, wieder ihrer Handarbeit zugewandt. «Er hat genügend Geschmack und läßt sich nicht dareinreden. Und du bildest dir wohl nichts ein?»

«O nein, das brauchst du nicht», bekräftigte Sherban und trat rücklings ans Geländer. Sein Blick ging hilflos zur alten Fürstin.

«Ich habe gerade deinetwegen meine kürzesten Röcke mitgenommen, sieh her!» rief Sonja unbeirrt, reckte sich hochauf und hob die Arme in die Luft. Aus ihren Halbschuhen stiegen schmal und hochristig die Knöchel, und ihre biegsam schlanke Gestalt glich einer aufzüngelnden Flamme. «Siehst du: ich etwas jünger, du etwas älter. Und immer gute Kameraden.» Sie blinzelte ihm zu, faßte ihn unter dem Arm, wollte ihn zur Verandatreppe ziehen.

«Wohin denn schon, wohin?» fragte die Fürstin, erhob sich und legte die Handarbeit in einen gestickten Beutel, der an der Rücklehne ihres Sessels hing.

«Ach ja, ich vergaß, wir sollen zu Tisch», lachte Sonja. «Ich wollte in den Stall laufen. Reitet ihr oft?»

«Beinahe jeden Tag. Alexander reitet jeden Tag», sagte Sherban eilig.

«Fein. Reiten Sie gern?» fragte sie Alexander. Und ohne auf seine Antwort zu warten: «Konnten Sie schon reiten, ehe Sie hier waren? Eigentlich sonderbar; ich dachte mir immer, bei Ihnen gibt es nur Berge und langsam stapfende Maultiere. Haben Sie einen guten Sitz im Sattel?»

Sie musterte ihn, der lächelnd vor ihr stand, vom Scheitel bis zur Sohle.

«Sie spielen auch Tennis; ich weiß es. Sherban hat mir viel von Ihnen vorgeschwärmt. Ich machte mir ein ganz anderes Bild von Ihnen. Sonderbar. Ich glaubte, Sie seien kleiner. Sie sind ja größer als ich. Sie spielen wohl gern vorne am Netz? Mit hundert Finten, denke ich. Wir werden ja sehn –.»

Sie drehte sich eilig um und schritt vor ihm durch die Türe. Ein Strudel Wohlgeruch wirbelte hinter ihr her.

Alexander folgte ihr und sah auf die in langen Schritten federnde Gestalt, die sich kaum merklich in den Hüften wiegte. Er nagte an seiner Unterlippe. Aber lächelnd und ohne eine Spur von geheimem Aerger auf dem sonnenbraunen Gesicht setzte er sich ihr gegenüber an den runden, hellgedeckten Tisch.

III.

«Out!» schrie Sherban und riß seinen Schläger schräg nach hinten, um den Ball vorbeisausen zu lassen. Er richtete sich aus seiner vorgebeugten Stellung auf.

«Wie, out?» Sonjas Stimme schrillte vom andern Ende des weißen, flimmernden Platzes über das Netz. Sie hatte schon zwei Schritte getan, um Stand zu wechseln, und schnellte auf weichen Sohlen herum.

«Ja, deutlich: hier.» Sherban wies mit dem Schläger auf einen flachen Fleck im Sande hinter der weißgekalkten Linie.

«Ich habe ebenso deutlich bemerkt, daß der Ball gut war», trotzte Sonja. «Ich weiß ungefähr, wie meine Bälle sitzen.»

Der Junge zuckte mit den Schultern. «Also: vierzig fünfzehn.»

«Nein.» Sonja war ans Netz getreten und hatte beide Hände darauf gelegt. «Mein lieber Vetter, wenn du behauptest, daß mein Ball out war, – du mußt doch wissen, was du behaupten darfst! Ich gebe dir noch einen Ball. Du stehst sowieso nicht gerade glänzend.»

«Laß nur», sagte Sherban. «Laß, geh rüber, auf die rechte Seite.»

Sonja ging in langsamen, aber bestimmten Schritten nach der linken Seite.

«Nein, der Ball war in, er war schon gut», schrie der Junge. «Hörst du, Sonja? So hör doch auch.»

«Vorhin sagtest du out, jetzt sagst du in –. Hier, noch einen Ball; ich will es.»

In kreisendem Schwung wirbelten Arm und Schläger empor; der Schwung riß ihre Gestalt auf die Spitzen der Füße empor; der Ball, vom dumpf tönenden Saitengeflecht entsandt, flitzte knapp übers Netz und fuhr vor Sherban flach und schräg ausbiegend vom Boden empor. Der Junge tat, als hätte er ihn nicht zu fassen vermocht.

«Das will ich nicht, Sherban, das ist ekelhaft», rief Sonja und stampfte mit dem Fuß. «Entweder spielen wir richtig, oder ich lass es bleiben.» Und mit zurückgeworfenem Haupte ging sie in die andere Ecke hinüber, las sich im Schreiten mit dem Schläger einen Ball vom Boden auf und fing ihn griffsicher mit der linken Hand in der Luft ab.

Morgensonne überflutete schon den ganzen Platz. Der harte Sand und das weiße Netz flimmerten, die Metallknöpfe der beiden Pfosten leuchteten, halb im Schatten des großen Standschirms, halb im Lichte brannte Sonjas rote Jacke. Rings um das Drahtgitter herum hingen an den Bäumen saftig grüne Blätter reglos und müde in der Morgenluft.

Eine Weile lang hörte man keinen Laut als das dumpfe Klingen der Schläger, das knirschende Gleiten der weißen Schuhe auf dem trockenen Sande, hastig und eifrig bei Sherban, gemessen und sparsam sicher bei Sonja, und das leise Zählen nach jedem Spiel. Von Zeit zu Zeit traten beide in einem sich begegnenden Bogen ans Netz, und der Junge bot ihr die Bälle, die er zusammengelesen, auf dem Schläger hinüber. Sie nahm drei davon in die linke Hand und ließ die andern liegen.

Als sie wieder ein Spiel vollendet hatten, sagte Sherban gleichgültig: «Ich denke, wir könnten vielleicht ein wenig durch den Park gehen, im Schatten herum. Es wird gar zu warm hier.»

Sie lächelte. «Zu warm? Hältst dus nicht mehr aus? Ich möchte noch spielen.»

«Also, dann spielen wir natürlich.» Voll Eifer bückte er sich nach den Bällen.

«Und dann – haben wir nicht deinem besorgten Schulmeister versprochen, ihn beim Tennis zu erwarten?» fragte sie und sah in die Luft.

«Alexander ist noch nicht zurückgekehrt», erwiderte Sherban halblaut und keuchend, aus seiner Arbeit heraus.

«Ist er denn nicht droben im Haus?» fragte Sonja rasch und blickte nun auf den Jungen.

«Er ritt nach der Station, um die Post zu holen; so sagte er mir beim Frühstück», antwortete Sherban laut, beinahe gereizt. «Auf ihn kannst du noch lange warten. Wenn er einmal im Sattel sitzt.»

«Ich, auf ihn warten? Aber –» und ihr Lachen erstarrte zu klirrendem Trotz – «aber er versprach, uns beim Tennis zu suchen. Sein Wort wird er wohl halten?»

Sherban hob den Arm, und der Ball sauste. Kurz und sicher kam er zurück. Sonnenkringel flimmerten jagend auf ihm; die beiden Gestalten in den hellen Gewändern flogen hin und her, zurück und nach vorne, beugten sich zur Erde nieder und schnellten empor, reckten die Arme und zuckten in die Luft wie züngelnde Flammen über dem lichtgebadeten, glutversengten Platz.

Nun, mitten im Spiel, ließ Sonja ihren Schläger sinken und trat in den Schatten unter den Schirm.

«Gehn wir in den Park», sagte sie ruhig und nahm ihre mattrote Jacke von der Bank. «Uebrigens, wenn es deinem Schulmeister beliebt, uns so lange warten zu lassen, weil er gerade Lust hat auszureiten –.»

Sherban hielt ihr die Jacke hin. Langsam schlüpfte sie in den einen, dann in den andern Aermel und senkte dabei ihren Nacken. Sherban schloß die Augen. Die Sonnenwärme flutete wie eine heiße Welle aus der roten Seide.

«Hilf mir doch, der Kragen ist ja nach innen umgeschlagen», sagte Sonja ungeduldig und griff mit beiden Händen über ihre Schultern. Sherban streifte ihr zitternd die Haarsträhnen auf dem kühlfeuchten Hals zur Seite und häkelte den Kragen herauf. Sie warf den Nacken befriedigt zurück.

Da schloß er, zagend, aber mit harten Jungenhänden, seine Finger ihr um Haare und Stirn und riß ihr Haupt an seine Brust. Lachend gab sie nach. Als sie aber, steil über sich, seine Augen groß und angstvoll sah, entwand sie sich eines Ruckes seinem Griff, fuhr herum und murrte: «Du bist langweilig, mein lieber junger Vetter.»

«Sonja», stöhnte er und hob die Hände vor die Brust.

Nun lächelte sie. «Am Osterfest haben wir uns das Wort gegeben, gute Freundschaft miteinander zu halten. Erinnerst du dich? Gilt das noch oder gilt das nicht mehr?»

«Doch, doch», gurgelte er hervor. Wie würgende Hand lag es um seine Kehle. Er trat von Sonja weg, stand herum, starrte über den flimmernden Platz, bis ihn die Augen schmerzten. Sonja setzte sich auf die Bank und beobachtete ihn scharf. Ihr weißer Schuh wippte auf und ab. Sie wollte sprechen, da sagte er, trüb und tonlos: «Alexander ist zurückgekehrt. Ich höre ihn oben bei der Treppe.»

Sonja erhob sich von der Bank, lauschte, trat näher.

«Er reitet die Allee herunter, hörst du?» fuhr Sherban eifriger fort. «Er kommt hierher.»

«In den Park! Rasch», flüsterte Sonja und packte ihn am Arm.

Sie glitten durch die Gitterpforte, schlichen im Schatten der Bäume den schmalen Pfad hinunter und drangen durch das buschige Laubwerk in die kühle Dunkelheit des Waldes.

«Jetzt mag er uns suchen», lachte Sonja hell heraus. Sherban verzog, kaum merklich, den Mund. Sie rüttelte ihn am Arm. «Warum deine Fratzen? Macht es dir keinen Spaß, ihm einen Streich zu spielen?»

«Doch, natürlich», stimmte er bei. «Sonst, wenn wir allein sind, ergibt sich ja nie eine Gelegenheit dazu.»

«Ich fände sie, wär ich an deiner Stelle! Glaubst du, ich habe meine Kindermädchen –.»

Sherban warf heftig ein: «Er – das ist ganz etwas anderes.» Dann leiser: «Er ist doch mehr mein Freund als mein Lehrer.»

Sie schwieg überrascht. Sie reckte sich und hob den Kopf. Sie sagte: «Er führt sich auf, als zähle er sich mit zur Familie.»

«Wir mögen ihn alle gut leiden», erwiderte Sherban, als wolle er ihn verteidigen. Er suchte nach Worten. Er zuckte die Achseln: «Wozu das Gerede über ihn? Du kennst ihn ja nicht.»

«Er mag jetzt nur wieder nach Hause reiten, wenn er den leeren Tennisplatz besichtigt. Er mag sich zu seinen Büchern setzen –»

«Das wird er sicher nicht tun», spottete Sherban.

«Wird er nicht tun? So mag er es bleiben lassen. Ueberhaupt. Was gehts mich an? Meinetwegen –»

«Er wird baden gehn.»

Darauf schwieg sie. Nach einer Weile, als Sherban daran dachte, wie er sie um den Kopf gefaßt und an sich gezerrt hatte, sagte sie kurz und kräftig: «Das alles gefällt mir an ihm.»

Sherban erzuckte leicht. Er hob einen Stein vom Boden und schleuderte ihn hoch in den Wipfel eines Baums nach einer Krähe, die träg und schweren Fluges hinwegsank. Prüfend folgten Sonjas Augen dem Wurf. Er bückte sich nach neuen Steinen und begann sie nach allen möglichen Zielen zu entsenden. Auch sie tat nun mit, und jedesmal, wenn sie ihren schmalen Körper zurückbog, fest auf beiden Füßen stehend, und mit straffem Arm den Kiesel warf, nicht über den Kopf hinaus, sondern flach an der Seite vorbei, hatte er Lust, sie aufzuheben und wegzutragen. Wandte sie sich ihm zu, lachend, jubelnd: «Getroffen!», senkte er die Augen und bückte sich nach einem Stein.

Plötzlich jagte sie auf und durch die Büsche davon, und er setzte sich gemächlich hinter ihr her in Trab. Ihre hellen Farben verschluckte das matte Grün des Unterholzes. In großen Bogen lockte sie ihn kreuz und quer durch die verwachsene Wildnis und stand mit einemmale still, am Rand einer schmalen Lichtung, die sachte niederglitt zum See.

«Jetzt legen wir uns in die Sonne», sagte sie und kauerte sich halb hinter einem Haselbusch ins hohe Gras nieder. Sie stützte den linken Arm auf den Boden, drehte mit der rechten Hand einen Halm zwischen ihren Zähnen und blickte in Sherbans erhitztes Gesicht hinauf. «Also – magst du nicht?» Still hockte er sich hinter ihr nieder, die langen Beine breitwinklig von sich weg gestreckt. «Hier, zeig her», befahl sie, «leg deine Beine übers Kreuz, sei meinem Kopf das Kissen!»

Er tat willig, wie sie ihn hieß, und sie schob ihren Haarschopf zwischen seine Knie, rückte mit ihrem Körper noch etwas hinauf und herab, bis sie wohl gebettet lag, und schloß dann die Lider. Sherban stemmte die Arme halb hinter sich auf den Boden. Sein Kreuz schmerzte, die Hände begannen nach einer Weile zu zucken. Wütend grub er die Finger ins Gras, wühlte er sie in die warme, dürre Erde. Sein Kopf sank aus gezerrtem Nacken vornüber. Mittagssonne sengte ihm den Scheitel. Im Schatten lag ihr Gesicht.

Sein Blick, starr und voll Haß, schreckte plötzlich zusammen. Er hatte bemerkt, daß ihre Wimpern leicht flatterten und ihre Lider blinzelnd ein wenig gehoben waren. Die Augen sah er nicht, ihr Spähen fühlte er. Und langsam hob auch er den Kopf und schaute auf den See hinaus.

Glatt und flimmernd lag er, unbewegt von Ufer zu Ufer, aber weit drüben lief ein Riß in seinen blitzenden Spiegel, eine Furche warf ruhige Wellen nach links und rechts, und in der Spitze der Furche, die langsam weiter vorstieß, hob und senkte sich ein Kopf, schimmerte dann und wann ein Arm. In weitem Bogen spannte sich die Furche ans jenseitige Ufer zurück. Ein Mann entstieg dem Wasser. Nun stand er auf der Wiese, bis über die Knöchel im hohen Gras. Nun schritt er über die Lichtung in den Schatten. Ein Pferd hob den Kopf leise schnaubend aus dem Gras empor und drehte den Hals dem Heranschreitenden zu. Nun bückte er sich, hob einen schleifenden Zügel auf und zwängte dem Roß die Stange ins Gebiß. Und nun sprang er dem Tier auf den blanken Rücken. Wie ein Schatten flogen Roß und Reiter über die sonnige Wiese, braun beide und vom hellen Licht übergossen in kupfermattem Glanz, und glitten zwischen den hohen, laublosen Stämmen ins Dunkel. Dumpf klangen Hufschläge vom moosigen Grund herüber, Zweige knackten, dann war es wieder still. Glatt und flimmernd lag der See, heiß und dürr die Wiese und träg der schmale Schatten an ihrem Rande.

Sonja senkte langsam ihre Wimpern. Sherban fühlte ihr Haupt zwischen seinen Knien leise zittern. Ueber die Wipfel im Westen schob sich eine bleiweiße, geballte Wolke in den stillen Mittag hinauf.

IV.

Die flirrende Glut des Nachmittags brannte durch die halboffene Tür ins verdunkelte Zimmer herein. Durch die Ritzen der Fensterladen stach sie, schmal und scharf wie ein Dolch, in die blassen Farben des Teppichs.

«Nun, reiten wir eigentlich oder reiten wir nicht?» fragte Sonja und stellte hart das Glas mit eisgekühltem Wasser, aus dem sie getrunken, auf den Tisch.

Sherban erhob sich, träge und noch abwartend, von seinem Stuhl: «Wenn du meinst –, ich kann ja die Pferde satteln lassen.» Alexander rührte sich nicht; er starrte durch die Tür in die zitternde Nachmittagsluft hinaus.

«Aber, liebes Kind, ich fürchte, es zieht ein Gewitter herauf», warnte die alte Fürstin.

«Wie ihr glaubt –.» Sonja zuckte mißmutig die Schultern. Ihre Lippen schlossen sich eng, ihre Augen gingen zu Alexander. Flehen und kindische Wut brannten darin. Plötzlich sagte Alexander lächelnd und laut:

«Eigentlich gibt es ja kaum etwas Schöneres, als ein Gewitter über die Ebene heraufziehen zu sehen. Wir könnten nach den Weinbergen hinüber reiten; der Weg ist schattig und nicht allzu weit.»

«Ja, reiten wir doch!» jauchzte Sonja. «Geh, sattle die Pferde, Sherban; willst du?»

Langsam ging der Junge durch das dunkle Zimmer und zur Tür hinaus. Die alte Fürstin erhob sich nach einer Weile plötzlich und schritt ihm rasch nach.

Stille im Gemach, flirrende Glut auf der Schwelle. Von fernher der Knall einer zugeworfenen Türe.

«Es ist ja Unsinn, was Sie uns da abtrotzen», stieß Alexander aus trockenem Hals hervor.

«Finden Sie?» fragte Sonja höflich und trat ins Licht an die Türe. Sie trug ein knappes, blaues Reitkleid und hellbraune Stiefel. Sie stieß mit dem Fuß den vorgelegten Fensterladen zurück, lehnte sich an den Türrahmen und blinzelte über den grellweißen Kiesplatz vor der Veranda.

Alexander beobachtete sie, fühlte, daß sie sprechen wollte, hörte schon den Unterton ihres Satzes, verstand noch nicht seinen Sinn. Gespannt blickte er ihr aufs Gesicht, das sie ihm nicht zuwandte, als sie endlich gleichmütig sagte:

«Ich habe gestern abend Ihre Reitkunst in Zweifel gezogen. Sie haben mich gründlich belehrt. Verzeihen Sie meinen Zweifel.»

Alexander lächelte unsicher. «Aber haben Sie denn die Prüfung schon abgenommen? Was hat Ihre Zweifel umzustürzen vermocht? Sie wissen ja nicht –.»

«Doch, ja», sagte sie leise. Und nach einer Weile, in der glühender als vorher das Licht um ihre schlanke Gestalt zu zittern schien, wandte sie langsam, ruhig das Haupt nach ihm hin, sah ihn lächelnd an und sagte leise: «Heute morgen. Sie badeten. Dann ritten Sie durch den Wald.»

Alexander schloß die Augen, öffnete sie, schloß sie wieder. Rote Kreise wirbelten durch die gelbe Hitze. Dann straffte sein Körper sich und war gerüstet.

«Noch bleibt das Tennis. Da hat Ihr Spott noch nicht verspielt.»

Während er sprach, fühlte er schon, daß der Satz seinem Willen entglitt.

Sie zog die Lippen verächtlich herab. «Da wich ich Ihnen ja aus.»

Alexander fragte rasch: «Sie wünschten also, nicht von mir besiegt zu werden?»

Sonja trat in den Schatten des Zimmers zurück und stand vor ihm, der sie anstarrte. «Wünschen Sie, daß ich das auch zugebe?»

Er erwiderte hart: «Dann weiß ich, daß Sie es jetzt schon bereuen, die Niederlage versäumt zu haben.»

Sie schwieg und senkte um ein weniges ihren Scheitel. Er ging an ihr vorbei, auf die Veranda hinaus. Alles Licht war kühlender als der dumpfdunkle Raum, in dem sie stand.

Er schritt auf halbem Wege nach den Ställen hinüber und wartete auf Sherban, der mit den drei gesattelten Pferden kam. Die Tiere waren unruhig und folgten widerwillig ihrem Lenker auf den hellen Platz vor dem Hause. Alexander trat vor Sherban hin, faßte mit seiner Rechten nach der Hand, welche die drei Zügel hielt, und sagte hastig: «Laß die Pferde in den Park laufen, gib sie frei, sag, sie hätten sich dir vom Halfter gerissen. Es ist nicht gut, daß wir reiten.»

Mit einem scheuen Blick streifte ihn Sherban, dann schritt er an ihm vorbei und führte mit trotziger Faust die störrischen Tiere weiter. Vom hellen Hause her erscholl laut und ungeduldig Sonjas Ruf: «Endlich, Sherban!» und ihre Reitpeitsche klatschte gegen das Gemäuer.

Sie stiegen alle auf und ritten unter den hohen Bäumen davon, durchs Tor hinaus. Dicker Staub wirbelte auf der breiten Dorfstraße unter den Hufen der Pferde auf und legte sich wolkig seitwärts auf das graue Grasbord und in die Felder hinein. Aus hohen, spitzblättrigen Maisstauden ragten die schiefen Strohdächer; Hunde kläfften faul zwischen nackten, braunen Kindern herum.

Sie ritten in leichtem Trab dahin, alle drei nebeneinander. Die Bauern wichen ihnen aus und trieben ihre Ochsenkarren von der Straße aufs Feld, hastig und mit lautem Zuruf, wo sie ihnen begegneten. Sonja neigte ernsthaft und feierlich ihren Kopf, wenn sie gegrüßt wurde; Sherban erhob nicht die Augen vom staubigen, ausgedorrten Boden.

Am Holzpfahl vor der Dorfschenke standen zwei Ochsen im Joch angebunden, zwei Bauern hockten unter dem Vordach im schmalen Schatten. Sherban blieb zurück, um die andern vorbeireiten zu lassen. Als Sonja ihr Pferd mit einem leichten Hieb antrieb, entglitt die Peitsche ihrer Hand und fiel in den Staub. Alexander zügelte sein Tier, aber schon war Sherban aus dem Sattel gesprungen und beugte sich nach der Gerte. Sein Pferd erschreckte sich und tänzelte einige Schritte zurück. Er reichte Sonja die Peitsche und wandte sich dann, um sein Tier beim Zügel zu packen. Steil stieg es empor und tat einen Sprung zur Seite. Hart klangen die Hufe auf dem rissigen Boden, dichter Staub wölkte auf, aus dem Sherban nach einer kleinen Weile ruhig herausritt, fest im Sattel und Bügel; das Pferd aber warf den Kopf zurück.

«Konntest du nicht sitzenbleiben und warten, bis die Bauernlümmel aufstanden?» rief ihm Sonja zu. Sie war rot geworden und trieb nun ihr Pferd an. Alexander blieb ihr zur Rechten, aber Sherban trabte von nun an im Staube hinterher.

Sie bogen von der großen Straße ab, über weite Wiesen nach dem Fluss hinunter, der in schmalen, halbvertrockneten Rinnsalen durch das breite, steinige Bett sickerte. Karrengeleise wiesen die Furt. Dumpfe Hitze lag über den bröckelnden Uferhalden und den stachligen Gesträuppen; tief sanken die Pferde im warmen Sande ein. Mitten im Wasser hielten sie an; gierig bogen die Tiere ihre Hälse, um zu trinken.

Sonja strich mit den Fingern durch die Mähne ihres Pferdes und sagte plötzlich, ohne sich umzuwenden, zu Sherban: «Das mit der Reitpeitsche war recht ungeschickt von mir. Du hast dich, wie immer, galant und ritterlich erwiesen, mein lieber Vetter.» Sherban zuckte die Achseln und schwieg. Mit einem Ruck riß Sonja die Zügel empor und trieb ihr Tier aus der Flut hinaus, jenseits über Geröll und Sand die Böschung hinan. Hoch über dem Flusse standen Roß und Reiterin, dunkel vor einer grauweißen, unbeweglich geballten Wolke. Alexander und Sherban ritten ihr nach.

Im Trab zogen sie weiter über wellige Wiesen, dann unter Obstbäumen hindurch, und alle beugten tief ihre Leiber auf die Nacken der Pferde hinunter, um durch die fruchtbeschwerten Zweige zu preschen, deren Blätter ihnen Gesicht und Schultern peitschten.

Als sie langsamer durch einen Hohlweg nach den Weinbergen hinaufritten, lenkte Sherban sein Pferd von ihnen weg und sagte: «Ich habe einen Auftrag für den Pächter; es wird nicht lange dauern. Wenn ihr einverstanden seid, können wir uns unten an der Furt wieder treffen. Ich reite von seinem Hause aus geraden Wegs hinunter, ohne euch erst wieder hier abzuholen.»

Alexander blickte auf Sonja. Diese antwortete rasch: «Einverstanden.» Sherban verschwand zwischen den hohen Rebstöcken.

Von der Kuppe des Weinbergs, auf der sie stille hielten, gingen ihre Blicke über die weite, aufgerollte Ebene, darinnen die Flüsse aufschimmerten und die Felder gelb zwischen lichten Gehölzen lagen, und manchmal verloren sich die Bänder der Straßen in dunkle Parke, manchmal leuchtete weiß eine Hauswand, blitzte stechend ein Fenster auf, und in der Ferne glitt alles blau und dunstig in die flache Wölbung des Meers. Riesige Schatten wie von langsam rudernden Vögeln schweiften träge über die rotgoldenen Aecker und graugrünen Fluren. Durch bleiweißes Gewölk tropften glühende Sonnenstrahlen. Strichig zog der Gewitterregen heran.

«Sie lieben dieses Land nicht», sagte Sonja.

Alexander schwieg.

«Sie sind fremd in ihm und hassen es, weil Sie es nicht verstehen», beharrte sie.

«Nein», erwiderte er zögernd. «Aber ich fühle, daß ich es bald verlassen muß, wenn ich gesund bleiben will.»

Sie lachte. «Das ist Einbildung. Sie haben bloß nicht den Mut, in dieser Luft und Weite zu gedeihen. Sie sind feige.»

«Mag sein», gab er kurz zurück.

Durch die Stille klangen, lang hingezogen, die Hornstöße der Wächter von einem Weinberg zum andern. Der dumpfe Ruf erstickte in der heißen Luft, die über den buschigen Hügeln brütete. Und jede Stille zwischen den Klängen dehnte sich schwerer, drückender.

«Reiten wir über den Kamm», sagte Sonja und trieb ihr Pferd an. «Durch jenes Tälchen führt ein Pfad in die Felder hinab.»

Alexander folgte ihr. Sie saß lässig im Sattel. Ihr Kopf, mit bloßen Haaren, war in den Nacken zurückgebogen. Ihre Gemächlichkeit reizte Alexander vollends, und er sagte grimmig, indem er böse nach ihrem sonneüberfluteten und windzerzausten Haarschopf sah: «Ich verstehe doch nicht, warum Sie Sherban so behandeln. Jeder Ihrer Sätze ist eine unverdiente Ohrfeige für ihn. Sie wissen vielleicht gar nicht, wie weh Sie ihm tun.»

Gleichmütig, fast belustigt kam ihre Antwort: «Haben Sie Ihre Unterrichtsstunde heute noch nicht gegeben?»

«Nein», lachte er bitter. «Sherban hat frei gekriegt, um Sie zu unterhalten und Ihres Besuches froh zu werden.»

«Und das Versäumte holen Sie bei mir nach?»

«Gar nicht», sagte Alexander, und seine Stimme klang nun weicher. «Aber sehen Sie es denn nicht, wie Sie ihn quälen? Sie sind kein Kind mehr, und er liebt Sie.»

Sonja drehte sich halb auf dem Sattel herum. «Ihre Belehrung ist köstlich. Glauben Sie wirklich, ich gehe ahnungslos durch alle Anschwärmungen hindurch, die mir links und rechts entgegenrauchen?»

Er zuckte stumm die Schultern.

Sie warf den Kopf herum und ritt rascher. «Gibt ihm seine Liebe Rechte auf mich? Darf er von mir verlangen, weil er mich liebt?» Alexander nickte. «Oh, welche Weisheit!» fuhr sie belustigt fort. «Und wenn nun ich auf einen Dritten Ansprüche erhöbe, weil ich ihn liebe, und dieser wieder auf eine Vierte, wo gerieten wir da hin? Lieben Sie, indem Sie Schuldscheine vorweisen? Eine sichere Wirtschaft. Ich verstehe nichts davon. Ich will nichts davon verstehen.»

Sie ritten schweigend weiter, durch den buschumsäumten Hohlweg hinunter und in die Ebene hinaus. Der Schatten einer Wolke überholte sie und dämpfte die Farben plötzlich ab.

«Es braut sich etwas über unsern Köpfen zusammen», sagte Alexander hastig. Kaum verstummt, ärgerte ihn der Satz. Er verzog die Lippen. Sonja schüttelte ihren Kopf. Laut herauslachend sahen sich beide an.

«Auch davor fürchten Sie sich? Wirklich? Das Land, die Luft, die Weite, die Menschen – und ein Gewitter im Hochsommer? Da hielt ich Sie eben noch für einen Kerl, mit dem gut durch die Welt zu reiten wäre, der zur Seite bliebe, wenn mein Pferd durchgeht, und mir in die Zügel fahren könnte, wo ich selber schon beinahe das Gefühl um links und rechts verloren habe, durch das ewige Hinundherzerren aller Kindermädchen und Erzieherinnen und Anstandsdamen und Tanten, mit denen meine Jugend gesegnet war. Das glaubte ich von Ihnen, aber –: es braut sich etwas über unsern Köpfen zusammen!» Ihr Lachen war zornig, sie schluckte Tränen. «Nein, das Gewitter bricht nicht los, zu Donner und Blitz langt es nicht, ein elender Landregen ist im Anzug, und vor dem graut auch mir. Da fühle ich mich wohler zu Hause. Heim!»

Ihre Gerte strich über die Weichen des Tiers, das in langem Sprunge vorschnellte und dann, Erdklumpen hinter sich aufwerfend, über die flache Wiese sauste. Staub und Gras flog in Alexanders Gesicht; auch er gab seinem Pferd freien Zügel.

Sie hielten beide auf die Lücke im Ufergesträuch zu, wo der breite Karrenweg über die Böschung zur Furt niederging. Von den Weinbergen her, im Galopp auch er, sprengte Sherban über die Ebene; Alexander sah flüchtig seitwärts und fern den schlanken Körper des Knaben, der sich über den Nacken des Tieres beugte, – nun verschwand er hinter einer Bodenwelle.

Nahe aufeinander liefen die beiden Pferde. Ihr Keuchen und das dumpf dröhnende Schlagen der Hufe hetzte sich jagend mit dem Knarren der Sättel und dem Klirren des Gestänges.

«Ich halte Schritt», rief Alexander und griff in ihre Zügel.

«Lassen Sie mein Pferd los,» drohte Sonja. Ihre Hand schlug nach seiner Faust. Die Tiere fielen in Trab.

«Ich zeige Ihnen, daß ich es wirklich zu zügeln vermag», lachte er.

«Ach, zeigen, zeigen!» zischte sie. «Zeigen, daß Sie dieses können und jenes vermögen und daß man Ihnen ja nicht überlegen sei! Elender Schulmeisterstolz. Finden Sie Geschmack daran? Mir ist er zuwider! Lassen Sie los; jetzt ists zu spät. Ihr Spiel ist verloren.»

«Spiel?» jauchzte er, griff nach ihrem flatternden Haarschopf und riß ihren Kopf auf seine Schulter. Sie ließ es lachend geschehen.

In gleichem Ruck, die Hälse zur Seite geworfen, brachen ihre Pferde plötzlich aus.

«Sherban!» schrie Sonja. Ihr Arm wies übers Flachfeld.

«Sein Pferd ist ihm durchgegangen», stöhnte Alexander durch die verbissenen Zähne. Er jagte das Ufer hinauf, an struppigen Gebüschen vorüber, hinter denen die Geröllhalde tief zum Flußbett niederhing.

Zehn Pferdelängen vor ihm durchbrach das rasende Tier knackend das Buschwerk, Stein und Staub wirbelte hochauf, und herrenlos durchstürmte Sherbans Roß den aufspritzenden Fluß und hastete drüben über das Feld, vor dunkeln, tiefhängenden Wolken.

Alexander sprang aus dem Sattel, warf die Zügel Sonja zu und kletterte die Halde hinunter.

Der Knabe lag mit weitgereckten Armen mitten in den Steinen. Schwere Regentropfen klatschten herab und wischten das Blut, das langsam aus der Schläfe sickerte, von seiner braunen Stirne weg. Seine großen Augen, ganz offen, starrten auf Sonja, die oben im Gebüsch, zwischen den beiden unruhigen Pferden, mit vorgebeugtem Leibe stand, und zuckten nicht mehr, als Alexander sich bei ihm niederwarf und ihn laut beim Namen anrief.

Über tredition

Eigenes Buch veröffentlichen

tredition wurde 2006 in Hamburg gegründet und hat seither mehrere tausend Buchtitel veröffentlicht. Autoren veröffentlichen in wenigen leichten Schritten gedruckte Bücher, e-Books und audio-Books. tredition hat das Ziel, die beste und fairste Veröffentlichungsmöglichkeit für Autoren zu bieten.

tredition wurde mit der Erkenntnis gegründet, dass nur etwa jedes 200. bei Verlagen eingereichte Manuskript veröffentlicht wird. Dabei hat jedes Buch seinen Markt, also seine Leser. tredition sorgt dafür, dass für jedes Buch die Leserschaft auch erreicht wird.

Im einzigartigen Literatur-Netzwerk von tredition bieten zahlreiche Literatur-Partner (das sind Lektoren, Übersetzer, Hörbuchsprecher und Illustratoren) ihre Dienstleistung an, um Manuskripte zu verbessern oder die Vielfalt zu erhöhen. Autoren vereinbaren direkt mit den Literatur-Partnern die Konditionen ihrer Zusammenarbeit und partizipieren gemeinsam am Erfolg des Buches.

Das gesamte Verlagsprogramm von tredition ist bei allen stationären Buchhandlungen und Online-Buchhändlern wie z. B. Amazon erhältlich. e-Books stehen bei den führenden Online-Portalen (z. B. iBookstore von Apple oder Kindle von Amazon) zum Verkauf.

Einfach leicht ein Buch veröffentlichen: **www.tredition.de**

Eigene Buchreihe oder eigenen Verlag gründen

Seit 2009 bietet tredition sein Verlagskonzept auch als sogenanntes "White-Label" an. Das bedeutet, dass andere Unternehmen, Institutionen und Personen risikofrei und unkompliziert selbst zum Herausgeber von Büchern und Buchreihen unter eigener Marke werden können. tredition übernimmt dabei das komplette Herstellungs- und Distributionsrisiko.

Zahlreiche Zeitschriften-, Zeitungs- und Buchverlage, Universitäten, Forschungseinrichtungen u.v.m. nutzen diese Dienstleistung von tredition, um unter eigener Marke ohne Risiko Bücher zu verlegen.

Alle Informationen im Internet: **www.tredition.de/fuer-verlage**

tredition wurde mit mehreren Innovationspreisen ausgezeichnet, u. a. mit dem Webfuture Award und dem Innovationspreis der Buch Digitale.

tredition ist Mitglied im Börsenverein des Deutschen Buchhandels.

Dieses Werk elektronisch lesen

Dieses Werk ist Teil der Gutenberg-DE Edition DVD. Diese enthält das komplette Archiv des Projekt Gutenberg-DE. Die DVD ist im Internet erhältlich auf **http://gutenbergshop.abc.de**